逆·商·培·养·童·话

# 柏拉图叔叔的小吃店

[韩] 金莉拉/著　　[韩] 权颂伊/绘　　崔海满/译

U0331482

化学工业出版社
·北京·

인성의 기초를 잡아주는 처음 인문학동화 - 14 플라톤 아저씨네 이데아 분식점
Copyright © 2015 Text by Li-la Kim & Illustration by Song-yi Kwon
All rights reserved.
Simplified Chinese copyright © 2021 by Beijing ERC Media, Inc.
This Simplified Chinese edition was published by arrangement with Gimm-Young
Publishers, Inc. through Agency Liang

**图书在版编目（CIP）数据**

逆商培养童话．柏拉图叔叔的小吃店 ／（韩）金莉拉著；（韩）权颂伊绘；崔海满译．—北京：化学工业出版社，2021.10
ISBN 978-7-122-39531-3

Ⅰ．①逆… Ⅱ．①金… ②权… ③崔… Ⅲ．①儿童故事-图画故事-韩国-现代 Ⅳ．①I312.685

中国版本图书馆CIP数据核字(2021)第137526号

出　品　人：李岩松　　　　　　责任编辑：笪许燕　汪元元
版权编辑：金美英　　　　　　　营销编辑：龚　娟　郑　芳
责任校对：刘　颖　　　　　　　封面设计：刘丽华
版式设计：付卫强

出版发行：化学工业出版社(北京市东城区青年湖南街13号 邮政编码100011)
印　　装：凯德印刷（天津）有限公司
880mm×1230mm 1/32 印张4¾ 字数 80千字 2022年1月北京第1版第1次印刷

购书咨询：010-64518888　　　售后服务：010-64518899
网　　址：http://www.cip.com.cn
凡购买本书，如有缺损质量问题，本社销售中心负责调换。

定　　价：39.80元

# 运用智慧解决烦恼

只要把语文、英语、数学等学校里教授的学科学好，我们就能过上幸福生活吗？我们在学校里学习的是知识，生活中有时候的确需要知识，但在有些情况下更需要我们智慧地处理问题。

本书的主人公名叫朱龙。爷爷去世后，奶奶来到朱龙家和他们一起生活。朱龙要和奶奶住在同一个房间，而和朱龙生活了很长时间的小狗被赶到了客厅。朱龙很不乐意，但也束手无策，苦恼不断。

这时候就需要学习人文智慧了。在学校里学的是知识，而人文学则是一门拓宽思想的学问。

你是否也曾有过和朱龙类似的烦恼呢？ 有的烦恼很快就能解决，有的却需要苦闷上几天或几个月。 问题不在于解决烦恼速度的快慢，而在于解决烦恼的过程。 朱龙刚开始无法理解固执的奶奶，但是在柏拉图叔叔的开导下一点点地理解了奶奶。 同时，与奶奶之间的矛盾也逐渐化解了。

大家心里也有很多苦恼吧？那就来"柏拉图叔叔的小吃店"吧。 吃着柏拉图叔叔做的菜，和柏拉图叔叔一起解决烦恼。

金莉拉

# 目录

## 理念炒年糕
### 外表会骗人

放学回到家，我看到妈妈正在认真地打扫房子的各个角落。

"咦，妈妈，你今天没去公司吗？"

"嗯，奶奶今天不是要来嘛，我把房间收拾一下。"

奶奶确实说今天要来。

"朱龙，你要和奶奶住一个房间，知道吗？"

"什么？为什么呀？那乔利怎么办？"

"它待在客厅就好了。"

我从没和别人住过同一个房间，还要把和我相处了五年的乔利赶到客厅去，妈妈太过分了。

"奶奶在客厅睡不行吗？乔利还待在我的房间……"

"你这孩子，说什么呢？怎么能让奶奶在客厅里睡呢？"

妈妈似乎觉得没必要再商量，直接打断我的话，

呼呼

呼呼

走进厨房。我抱住可怜的乔利。这都怨奶奶，要是她不来我们家住，也不会有这种事。乔利毫不知情，像往常一样蹭着我的胳膊，舔着我的手掌，我用指尖轻轻地挠了挠它的下巴，它舒坦地四脚朝天躺在地上。

"乔利，怎么办呢？爷爷去世了，奶奶以后要跟我们一起住了，住在我的房间里。你得睡客厅了。不过你只是在客厅睡觉，还能在我的房间，不，在咱们的房间里玩儿。"

说话的时候，乔利一直看着我。但不知怎么的，乔利似乎没有以前活泼了。我挠完它的下巴，又挠了挠它的头和肚子。乔利很喜欢我这样给它挠痒痒。可能是困了，乔利轻轻地闭上了眼睛。乔利虽然个头小，但已经十几岁了，按照人的年龄来推算，应该有70岁了。奶奶今年也70岁，如果乔利是人的话，都可以和奶奶做朋友了。

乔利不久前就不怎么爱跑动了，也不到处溜达，老是蜷在床底下睡觉。

从前我放学回家，一开家门，乔利马上会摇着尾巴扑到我的怀里。但是从前一阵开始，乔利很多时候都闭着眼睛，像睡着了一样，静静地待着。有一次，我差点以为它死了。一想起当时的情景，我还有点心有余悸。我轻轻地把手放在乔利的头上，暖暖的。我放心地舒了一口气，乔利懒洋洋地睁开了眼睛。

"乔利，睡得好吗？"

我高兴地叫道。这时房门哐当一声开了。妈妈走了进来。

"朱龙，奶奶来了。你不要提乔利的事啊，要恭恭敬敬地跟奶奶打招呼，知道了吧。"

妈妈生怕奶奶听见，压低声音说。

我走到客厅。

"奶奶，您来啦！"

　　"朱龙又长高了，很快就和爸爸一般高了。"

　　奶奶穿一身黑色的衣服，拉着一个带轮子的黑箱
子，头上还戴着一顶黑色的毛线帽子，苍白的脸上没
有一点血色。奶奶手上还提着一个黑色塑料袋，黄色
的饼干盒子从里面露出头来。奶奶把塑料袋递给我，
里面的饼干我一点也不喜欢。

　　"乔利，过来。"

　　我又抱住了乔利。

"你怎么抱狗啊？衣服上全是毛。"

奶奶的声音响彻了整个屋子，像是生了很大的气。我不得不放开乔利。乔利也似乎明白了奶奶的意思，犹豫了一会儿，独自走到沙发旁边，蜷起了身子。一想到要和奶奶住在一个房间，我心里就堵得慌。

"妈，这箱子挺重啊，后面还有东西要搬吗？我给搬家公司打电话预约一下吧。"

妈妈艰难地把带轮子的箱子搬到客厅。

"只剩几包衣服了，我来回跑几趟，把需要的东西拿来就行了，没必要叫搬家公司。反正还得把地里种的菜拿过来，需要一直来回跑。"

听奶奶这么说，妈妈也不再坚持了。

我说了声要去文具店就从家里出来了，心里一团乱麻，晃晃悠悠地走到十字路口。这时，一家名叫"理念小吃店"的饭店映入我的眼帘。

"理念小吃店？名字好奇怪……"

我正斜着头看店名，两个中学生模样的姐姐从里面走出来。

"是不是有点怪？"

"是呢，这种炒年糕我第一次吃。"

中学生姐姐说着从我身边走过。

"哪里怪呢？炒年糕的味道都差不多的……"

我到文具店买了练习本回来，又看到两个和我同龄的女孩从理念小吃店走出来。

"汤的颜色很奇怪。"

"味道也是，我第一次吃这种炒年糕。"

我不禁好奇，到底什么样的炒年糕啊？每个出来的人都说奇怪。

我犹豫了几次，终于走进了小吃店。

"欢迎光临！"

老板叔叔笑着迎接我。他浓眉大眼，高鼻子，肩膀很宽大，看起来要比爸爸的肩宽两倍。墙上的菜单和其他小吃店并没有什么不同。我环顾了一下小吃店，发现一个巨大的书柜，里面密密麻麻地装满了书。书名有韩文的，有英文的，还有些不知道是哪个国家的文字。小吃店的老板叔叔似乎很喜欢看书。

我的肚子正好咕咕地叫了。

"请来份炒年糕。"

"稍等一下。"

叔叔走进厨房。厨房是打通的，在外面就可以把里面看得清清楚楚，只见叔叔拿出一口大大的平底锅。想到一会儿就能吃到又红又辣的炒年糕，我不由得咽了咽口水。

没一会儿，炒年糕端出来了。但是当我看到炒年糕的那一刻，我还以为自己的眼睛出了问题。盘子里的炒年糕白乎乎的。我赶紧把贴在墙上的菜单又看了一遍，上面只有"炒年糕"，并没有"白色炒年糕"啊。

"叔叔，这是炒年糕吗？"

老板从厨房出来，走到我面前。

"怎么了？"

"炒年糕的汤太白了，看起来就像奶油意大利面。炒年糕一般都是红艳艳辣乎乎的呀。"

听了我的话，叔叔若无其事地笑了。

"这种炒年糕也很辣啊。你觉得白色的炒年糕不像炒年糕吗？"

叔叔觉得很有意思，笑嘻嘻地问道。

"当然啦，真正的炒年糕是红色的，这怎么能算炒年糕呢？你还说它辣，怎么可能啊。"

"你尝尝。"

"好的，不过这个炒年糕没放大葱挺好的。我真的很讨厌吃大葱。"

我盯着炒年糕犹豫了一阵儿，夹起一块放进嘴里。我没有任何期待，不，我一直担心会很难吃。奇怪的是，这种年糕越嚼越辣，十分好吃。我吃完一盘，还意犹未尽，用勺子把剩下的汤汁也喝了。我很喜欢这种炒年糕的辣味，不是那种嘴里冒火的辣，而是慢慢在嘴里扩散的辣。最后我把筷子勺子都舔干净了才放到盘子上。

老板叔叔见我这样，微微一笑。

"好像没放大葱，也没放辣椒酱、辣椒粉，怎么会有辣味呢？"

"我不知道放了多少大葱呢！"

"是吗？一点儿也看不出来。"

"大葱、蒜、洋葱，这就是我的秘方。"

"哎呀，一点都看不见。"

"小朋友们一般都和你一样不喜欢大葱、洋葱之类的蔬菜，所以我就弄碎了放进菜里或者把这些煮了，用汤汁做菜。"

我这才点点头。

"你第一次来我们店吧。我是柏拉图，叫我柏拉图叔叔就行。"

"柏拉图叔叔？这是你的名字吗？"

"啊，我有其他名字，你这么称呼我就

11

行。你叫什么名字？"

"朴朱龙。"

我有气无力地答道。

"你怎么这么无精打采啊？都吃了一盘炒年糕了还这么没有力气，是不是有什么心事？"

柏拉图叔叔端详了一会儿我的脸问道，但感觉他已经知道了一切。

"是的……难道我脸上写着有什么心事吗？"

我用手掌轻轻地揉了揉脸。

柏拉图叔叔没有回答，只是微笑着摸了摸我的头。虽然是第一次见面，却感觉他很温暖，似乎可以向他倾诉一下我的烦恼。

"我爷爷去世了，奶奶来我们家住，要和我住一个房间，在我屋里住了五年的小狗要被赶到客厅去了。这都怨奶奶。奶奶不爱笑，又穿着一身黑衣服，整天气呼呼的。一想到要和奶奶一起住，我就心烦。"

"哎哟，突然这样，你心里很不好受吧。"

"是啊！但妈妈根本不听我的建议，我必须按她说的做。"

我想起刚才因为乔利跟妈妈吵架的事。

"朱龙，今天炒年糕的味道怎么样？"

"一开始，我觉得颜色不像其他炒年糕那么红，以为不辣，味道也不会太好。刚才从这儿出去的人也都说炒年糕很奇怪。但这种炒年糕吃起来非常特别，是我吃过的最特别的炒年糕。"

柏拉图叔叔听了我的话，微微一笑。

"是啊，奶奶穿着黑衣服，表情很严肃，好像是生气了，但内心肯定不这样。就像这白色的炒年糕，隐藏着表面看不到的味道。"

"哎呀，难道……"

柏拉图叔叔盯着我看了好一阵子才开口说道。

"人的外表有时会骗人，是隐藏自己内心的一种骗术！奶奶也许没有生气。"

这时，小吃店的门开了，客人一拥而入。天色已经暗了下来。

"叔叔，我回家了。"

"好的，下次再来啊。"

我脚步沉重地往家走去。

"人的外表有时会骗人。"

我仔细回想着柏拉图叔叔说的话。

"真是这样吗？"

一路上，我不停地思考着这个问题。

## 智慧鱼饼
### 爱智慧的人最快乐

这次数学考试我竟然考了人生中的最低分。

妈妈从公司回来了，我磨磨蹭蹭地把试卷拿给她。

"什么，才62分？"

妈妈盯着试卷看了好一阵儿，狠狠地瞪了我一眼。

"你上课都干什么去了？"

"我认真听课了。"

"那分数怎么这么低？以前也没这么差。"

"这都怨奶奶。奶奶看电视剧，声音开得太大，我在房间里听得一清二楚，根本学不进去。而且我和奶奶用一个房间，多不方便啊。"

"数学分数和奶奶有什么关系？不要找借口，上课的时候别走神，好好学。下次要是还考成这样，饶不了你。这是第一次，就不追究啦。"

妈妈的声音压得很低，脸上的表情却像一头愤怒的狮子。我拿着试卷从里屋出来，看了一眼客厅。奶奶正坐在沙发上看电视。

我耷拉着脑袋走进房间。第一次考这么差。如果还和奶奶一起住，其他科目的考试分数肯定也会很差。我伤心地趴在桌子上。

这时奶奶打开房门走了进来。

"朱龙，数学没考好被妈妈骂啦？"

我听了这句话，心里一阵发热。妈妈跟奶奶说什么了吗，还是奶奶刚才听见了我和妈妈的对话？我心惊胆战，害怕奶奶会大发雷霆，训斥我"你还向你妈告状，说没考好都怨我"。我用手揉搓着试卷的边角，什么也没说。

"你没考好都怨我，我心里过意不去，还是

走吧。"

　　奶奶好像说要回老家了。本来我数学没考好，心情很差，但一听到奶奶说要回老家，心情立马好了起来。以后又可以自己用一个房间了，乔利也可以待在我房间里了。这段时间和奶奶一起住真的很不方便。奶奶到处放屁，打嗝。昨天晚上我正在聚精会神地写日记，突然"噗"的一声屁响，把我吓了一大跳。

　　如果奶奶真要回老家，这些我都暂且忍了。哪怕奶奶扯着嗓子大声说话，随意放屁，到处打嗝，电视

噗！

开得满屋子响，我也都能忍受。

第二天我从学校回来，一进客厅，吓了一跳。奶奶的东西都堆放在客厅里，奶奶和她的箱子也不见了。没想到奶奶这么快就走了。

我把鞋随意地脱在门口，走进房间。没了奶奶的行李，房间显得宽敞多了，似乎一切都回到了从前。乔利仿佛也懂了我的心思，摇着尾巴走进来。

"乔利，你终于能回到咱们的房间住了。"

我抚摸着乔利说。这时，玄关门"哐当"一声响了。

我赶紧打开房门看看，只见奶奶拉着黑色旅行箱进来了。

"奶奶，你没搬回老家吗？"

"哦，没。房子空了很久，我过去打扫了一下。"

奶奶没好气地说着，打开了箱子。箱子里装满了南瓜、红薯秧和各种其他物品。

"这都是什么啊？"

"还能有什么！这不是南瓜和红薯秧么，可以炒着吃，也可以煮大酱汤吃。"

然后奶奶开始在客厅里收拾起红薯秧来。

爸爸妈妈晚上下班回来之后把我叫了过去。

"你没考好怎么能怨奶奶啊？"

爸爸紧皱着眉头说道。

"你说让奶奶回家了吗？怎么那么没规矩！要是再有这种事，到时候饶不了你！"

爸爸妈妈根本不给我开口说话的机会，只说他们自己想说的话。

"我什么都没说。"

"那奶奶为什么说要回老家呢？今天白天奶奶打电话说要回老家，你知道爸爸妈妈有多吃惊吗？我们好不容易说服奶奶回来了，你别再那么没规矩了。"

我就这么挨了一顿训。怎么成我让奶奶回老家的了？真是冤枉。这时奶奶走进房间。

"我是觉得朱龙因为我才没考好，是我自己想回老家的。朱龙没什么错。"

"妈，我知道现在住着不方便，麻烦您再忍一忍，等我们搬到大房子里就好了。"

爸爸说。

就这样，奶奶又住回了我的房间。

又过了几天。

"我放学回来了。"

"朱龙回来了？"

奶奶用毛巾擦着湿头发从屋里走出来。可能是刚洗完头，头发还湿漉漉的。奶奶一直盘着发髻，没想到头发放下来这么长，差不多能遮住整个后背，擦干头发应该需要很长时间。

我去卫生间撒尿，发现乔利的洗发水被放在了地上，盖子也打开了。乔利的洗发水本来是放在篮子里的。

"奶奶，你给乔利洗澡了吗？毛得好好吹干……"

我把洗发水的盖子盖上，放进篮子里，走到沙发旁边。乔利看见我，一溜烟小跑过来。

我举起乔利闻了闻，以为会很清爽，没想到臭味依旧。我把鼻子贴在乔利身上，汗味刺鼻，正是几天不洗澡，它身上会发出的那股味道。那乔利的洗发水是谁用的？难道……我仔细瞅了瞅乔利，脑海里掠过一个想法。

"奶奶，卫生间地上的洗发水是不是你用了？"

我大声问。

"嗯，怎么啦？"

"奶奶，那是乔利的洗发水！"

我惊讶地大喊。

"什么，我用了狗的洗发水？"

奶奶把鼻子贴在刚擦过头的毛巾上，闻了闻味道问我。

"奶奶，你怎么能用乔利的洗发水洗头呢？这是我用自己的零花钱买的。"

"狗还有专门的洗发水？知道了，既然是用你的零花钱买的，那我把洗发水钱给你。"

"我不是那个意思，只是洗发水没剩多少了……"

吭吭——

看着奶奶的长发，我不禁叹了口气。头发那么长，可能已经快把所剩无几的洗发水用完了。我郁闷得咕咚咕咚直喝水。喝完水我打算喂喂乔利，去客厅墙角拿乔利的碗。走过去一看，乔利碗里有些米饭和菜。我吓了一跳，拿着乔利的碗走到奶奶跟前。

奶奶，哎呀！

乔利

“奶奶，怎么能给乔利喂米饭呢！乔利只吃狗粮。”

“这是人吃的米饭，狗吃点能出什么事啊？以前我也养过狗，都是喂剩菜剩饭，狗也没什么毛病，长得很结实。”

奶奶梳着头发，若无其事地回答。

“对啦，狗的洗发水人用了没事吧？”

奶奶问我。

“你不是说人吃的米饭，狗也可以吃吗？那人用点儿狗的洗发水能有什么事呢？”

我气呼呼地说完，把乔利的洗发水从卫生间拿到阳台的仓库里。要是还放在卫生间，说不准还会被奶奶拿了用。奶奶见我这样也不理睬。我走进房间把门“砰”的一声关上。奶奶把电视的声音开得很大，十分刺耳。要是平时，我会让奶奶小点儿声，但今天我真的不想和奶奶说任何话。还不如早点去钢琴培训班，想到这里，我气呼呼地走出家门。

上完钢琴课，我到处转悠，不想马上回家，怕奶奶又唠叨个没完，我们再吵起来。我想等爸爸妈妈下班了再回去。但我也没有什么合适的地方可去，只好在一条路上来来回回地走，走累了，就停下来，无聊地用脚踢着马路牙子。这时我听见有人喊我。

"朱龙！"

柏拉图叔叔在小吃店门前向我挥手。

"哦？叔叔！"

柏拉图叔叔招手让我进去。今天见到柏拉图叔叔我格外高兴，好像我已经认识他很久了似的。

"你去哪儿啊？"

柏拉图叔叔问。

"不去哪儿，刚上完钢琴课回来。"

"是嘛，我见你来来回回走了好几趟，还以为你把什么东西落在家里了呢。"

柏拉图叔叔好像看见我在附近转悠了。

"没有，随便走走。那鱼饼是客人吃剩的吗？"

我指着角落里一张桌子上盛着鱼饼的碗问道。

"啊，泡得太厉害了，也没法卖了，先盛出来了。"

"唉，在别的店，泡成这样也都会卖的。"

柏拉图叔叔出神地看了看鱼饼，突然问道。

"你今天怎么耷拉着脑袋啊？刚才还见你踢马路牙子呢……"

我有点张不开口，长叹了几口气，才说出了奶奶的事。柏拉图叔叔默默地听我讲，除了偶尔扬扬眉毛，并没有像妈妈那样打断我。

"你真的觉得数学考得差都怨奶奶？"

柏拉图叔叔听我讲完，托着下巴想了一会儿，猛然问道。

"当然了，以前我怎么都会超过80分。都怪奶奶。奶奶来了之后我第一次考试就成这样了，见朋友都觉得丢脸，好伤心啊。如果继续和奶奶一起住，以后的考试分数还会很糟糕。乔利的洗发水也快被奶奶用完了，那个洗发水是用我的零花钱买的。"

"哎呀，数学没考好，还要拿出零花钱来买乔利的洗发水，这可怎么办啊？"

柏拉图叔叔一脸的苦恼，似乎很能理解我的想法。家人都说我不对，只有柏拉图叔叔站在我这边，我有了点底气。

"啊，太伤心了。"

"朱龙，你为什么学习呢？"

"为了学习不懂的知识呀。"

"是啊，学习就是要学自己不懂的，受到启发，人才能变得有智慧。像你这样学习只看考试分数，能开心吗？"

"不开心啊，但考不好不行啊。已经挨了妈妈的训，也愧对老师啊。要是好朋友知道我的分数怎么办？为了不丢人，我也得考好啊。"

柏拉图叔叔坐到我的面前。

"如果你学习是为了变得更加有智慧，就会学得很开心。但如果你的目标只是考个好分数，永远都会觉得是被人赶着走，若是考得不满意，你只会痛苦。做不想做的事，心情怎么能愉快呢？所以你不要只注重分数，要快乐地学习。等你觉得学习有意思了，还愁考不好吗？"

柏拉图叔叔凝视着我的双眼。看着叔叔的眼睛，我不忍心说"不"。听我说以后要改变学习态度，柏拉图叔叔拍了拍我的后背。

"对了，奶奶以后也会小心的，别太担心，知道了吧？"

我一脸不乐意地点了点头。要是我能管住自己的心该有多好啊！虽然知道柏拉图叔叔说得对，但我心里还是抵触，没有回答他。

"我怎么能相信奶奶啊？"

感觉这句话就要脱口而出了，我还是强忍着咽了下去。

"你体谅下奶奶怎么样？奶奶应该不知道有专门给狗用的洗发水。现在知道了，以后也不会再用了。"

"奶奶真的不会再这样了吗？"

"是的，奶奶一开始不知道才会用狗的洗发水。"

"好吧，洗发水的事就不说啦。不知道和奶奶一起住，我还能不能开开心心地学习。奶奶唠叨得很，电视的声音也开得很大，让人脑袋发涨。"

"朱龙，爱智慧的人最快乐，一心只追求利益的人最痛苦。"

"什么？"

"开开心心学习就会变得更加有智慧，分数自然也会考得很高。"

"爱智慧的人最快乐。"

我在心里把这句话反复念叨了好几遍，想看看自己是不是真的会开心。我抬起头，柏拉图叔叔正睁大眼睛看着我，似乎在说让我相信他的话。

"我知道了，那这些鱼饼怎么办？不能就这么卖了吗？"

"这些鱼饼我不卖了，客人点的话，我再煮新的。"

"好可惜……"

"鱼饼煮得太久了，胀得太厉害，不好吃了。我不能把自己觉得不好吃的食物卖给顾客啊，卖就卖我觉得好吃的东西。"

"叔叔你做鱼饼也要考虑这么多啊！叔叔的鱼饼就像是'智慧的鱼饼'。"

"什么？智慧的鱼饼！"

柏拉图叔叔听了哈哈大笑起来。一直盯着桌上的鱼饼看，我的肚子好像也饿了。叔叔可能是看出了我的心思，他忽地站起来，走进厨房。

"我再煮一份智慧的鱼饼，你等一下。"

不一会儿，柏拉图叔叔就端来一锅热气腾腾的鱼饼。

"你要不要尝尝？"

我迫不及待地尝了一个鱼饼。

"真的很好吃。煮得有韧劲儿，最好吃了。智慧的鱼饼是我吃过的最棒的鱼饼！"

"啊，等一下！"

叔叔走进厨房，端了一小碗酱汁过来。

"这是我今天新做的鱼饼酱，放了酱油、芥末、果汁。要不要蘸这个酱尝一下？"

我往智慧的鱼饼上蘸了点酱。

"真好吃！"

我向柏拉图叔叔竖起大拇指。

"是吗？那我们店今天的菜单上，要加上'智慧的鱼饼'了！"

# 智慧的

# 鱼饼

## 改变想法的包子
### 改变想法就能改变现实

　　我这个星期六过生日。我的生日本来是下星期一，提前到星期六过。

　　我们这儿有家"同乐"餐厅，卖蛋包饭、炸猪排、汉堡牛排和虾仁炒饭，比较适合举办聚会，我们学校的同学经常在这里举办生日派对。我去年过生日也在同乐。又可以和朋友们一起吃好吃的、玩好玩的啦，想想就很兴奋。

　　爸爸说今天晚点儿回来，奶奶、妈妈和我一起围坐在餐桌边吃晚饭。

　　"妈妈，你知道这周六是什么日子吧？"

我激动地问。

"周六？"

妈妈摇摇头反问。几天前刚说过妈妈就忘了，我心里很失落。

"是朱龙的生日啊。"

奶奶代妈妈答道。

"啊，对了，说好星期六办生日聚会的，你打算在哪里办啊？"

妈妈这才问道。

"同乐，去年也是在那里办的。"

"啊，怎么办？我这个星期六得去公司加班。"

"没关系，我可以和同学一起过，周六你给我钱就行了。"

"多少钱？"

妈妈问。

"大概五万块（约合人民币300块）吧。"

"什么？五万！"

奶奶惊讶地张大嘴喊道。

"啊，对啦！玩蹦蹦床还要再花点儿钱吧？再喝点儿饮料……差不多得十万块吧？"

"什么，十，十万！外面吃的东西一点儿营养都没有，怎么那么贵呢？"

奶奶一脸不满地说。

"那要不在汉堡店办？"

我迅速地在脑子里计算了一下七个汉堡包需要多少钱。正在计算加上饮料和薯条需要多少钱的时候，奶奶突然说话了：

"过生日吃什么汉堡啊。干巴巴的面包片，里面夹块油腻腻的肉，一点儿也不好吃。"

奶奶斩钉截铁地说。

"那怎么办呢？"

我有点儿烦了。

"就在家里办。"

奶奶答道。

"那就给我们点外卖，点炸酱面和糖醋里脊吧。"

我生气地大声说。

可一说完，我又叹了口气。我房间里满是奶奶的东西，一想到我们七个人都要挤进去就透不过气来。

"我准备吃的，你就别担心了。外面买的东西既不好吃，又没营养，不白花钱吗？"

奶奶的语气比刚才柔和了一些。

"不能就在外面办吗？我的房间也太小了。"

因为奶奶在家，我不太想在家里办，所以这么说。

"妈您一个人准备不累吗？我那天还要加班。"

我听妈妈这么一说，松了一口气。

"做奶奶的给孙子张罗一桌生日宴还办不到吗？别瞎操心，就照我说的办。"

妈妈看拗不过奶奶，给我使使眼色，让我按奶奶说的办。但是我不愿在家办，所以第二天、第三天又跟奶奶提了想在外面聚会的想法。

"都说了我要给你在家办，你把班里的同学全带过来都行。"

奶奶毫不动摇。就这样和奶奶折腾了几天，我心想，干脆这次生日聚会就不办了，吃完饭到外边玩玩就算了。这么一想，我心里轻松多了。

放学后我去了理念小吃店，店里弥漫着包子的香味。

"叔叔好！包子真香啊。"

"你来得正好，我做了一种非常特别的包子。"

"是吗？什么包子啊？"

"等熟了你尝尝，恐怕会吓一跳。你好久没来啦。"

柏拉图叔叔一脸欣喜地说。

"这几天我跟奶奶吵架了。准确地说是我一个人吵架了。"

"怎么会这样？一个巴掌拍不响啊。"

柏拉图叔叔的脸上充满了疑惑。

"我周六过生日，奶奶非要我把朋友喊到家里去，可是我想在外面聚会……"

我向柏拉图叔叔讲了这段时间发生的事。

"可能是奶奶想亲自给你做好吃的吧。"

"应该是，不过肯定会摆上一桌子奶奶喜欢吃的野菜。我的朋友都喜欢吃炸鸡和比萨，而且生日一般都这么过。"

"嗯，不过没有规定说生日一定要怎么过哦。炸鸡和比萨平时也能吃，借此机会尝尝奶奶的手艺怎么样？说不准朋友们会喜欢的。"

"反正我不喜欢。在家里过生日，就不能和朋友们去玩蹦蹦床了，那有什么意思呢？待在屋里也无事可做，我的房间里还堆满了奶奶的行李。"

柏拉图叔叔不出声，听我把话讲完。

"所以你打算怎么办？"

"不知道，我的生日为什么不能按我的想法办，非得按奶奶的意思办呢。我真的不开心，可能大家吃完饭到外面踢踢足球就结束了吧。"

"你等一会儿，包子快熟了。"

柏拉图叔叔走进厨房，端了一个白色的盘子出来，上面整齐地摆着六个包子。

"尝尝看，这包子很特别。"

柏拉图叔叔把盘子推到我的面前说。包子冒着热气，没看出来和之前见到的包子有什么不同。我愣愣地看着包子，柏拉图叔叔点点头示意我赶快尝尝，我夹了一个放进嘴里。

果然不出所料，包子的味道和妈妈买来的冷冻包子没有什么大的区别。

"你蘸调料酱再尝尝。这个包子得多吃几个，才能品出味儿来。这个酱是我自己做的秘制酱。"

我往包子上蘸了一点儿酱尝了尝，口感和刚才不同，很清淡。

"怎么样？"

"感觉好吃了点儿，但现在还不知道这包子有什么特别之处。"

奇怪的是，吃了三个包子之后，我的心里舒服了起来。我很快就把六个包子都吃完了。心情一下子就舒畅了。柏拉图叔叔说多吃几个才能品出味儿，果然如此。

"叔叔，这包子真是神奇。"

"怎么啦？"

"吃完包子，心情变得异常舒畅，为什么呢？"

"因为我放了特别的材料！"

柏拉图叔叔表情神秘地说。

"放了什么？叔叔，这包子能改变人的想法

吗？"

"哈哈！世界上哪有这种包子，如果非说有什么秘诀，那就是包子馅里放了豆粉，没放肉。"

柏拉图叔叔环顾了一下四周，像是怕别人听到似的，对着我的耳朵小声说道。

"是吗？我吃了包子，心情就舒畅了，还以为这包子有什么特别的魔法。"

"世上要是有这样的包子那该多好啊！"

柏拉图叔叔哈哈大笑着回答。

"是啊，要真有这种包子，我一定要给奶奶尝尝。要是奶奶吃了包子说：'朱龙，你的生日随便你怎么过。在同乐炸猪排、蛋包饭、汉堡牛排尽管吃，蹦蹦床也随便玩。'那该有多好啊？我想用包子改变奶奶的想法。"

"不要总想着改变奶奶的想法，你改变一下自己的想法怎么样？"

"我的想法？"

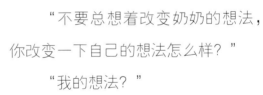

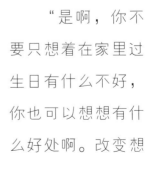

"是啊，你不要只想着在家里过生日有什么不好，你也可以想想有什么好处啊。改变想

法就能改变现实。"

柏拉图叔叔微笑着说。

"改变我的想法……"

但再想想也不会有太大的变化。应该就是和朋友们吃完奶奶做的一桌子野菜，挤在狭小的房间里玩玩手机游戏。我叹了口气，从座位上站起来。

"叔叔，我回家了。"

"好吧，别忘了我说的话，好好过生日。"

我在回家的路上仔细地想了想。

"如果改变我的想法，会有什么变化呢？"

终于到了星期六。东植和智赫最先到了。

"奶奶好。"

两人向奶奶问好。

"快进来。"

虽然奶奶的脸上没有笑容，声音听起来却很和善。

不一会儿大家都到了，加上我一共七个人。我和朋友们一起在房间里看礼物，奶奶在客厅里不停地来回走动，不一会儿就喊我们吃饭了。

"朱龙，出来吃饭吧。"

"哇！"

大家呼啦啦地拥进客厅。客厅里摆着一张大桌子，我迅速地扫了一眼桌子上的食物。红薯秧大酱汤、拌红薯秧、米饭、烤黄花鱼，还有辣白菜和红薯煎饼。果然不出所料，我失望地看了看朋友们。

朋友们的眼中也满是失望。

"怎么还站着？赶快坐下来吃吧。"

奶奶用手示意我们坐下。

"好。"

朋友们只得在桌前坐下。我脸上火辣辣的，看到奶奶摆上桌的食物，不禁叹了口气。朋友们都不怎么吃菜，光吃米饭。幸好还有人夹了几筷子地瓜饼。

"你们这些孩子，不能挑食啊。"

奶奶突然坐到桌前用手把辣白菜撕成小块儿。然后拿起烤黄花鱼，把鱼肉挑了出来。

"来，舀勺米饭。"

奶奶看着智赫说。智赫不情愿地舀了一勺米饭，

来，
伸出勺子。

孩子们，多吃点儿。

奶奶把用手扯出来的黄花鱼肉放到智赫的勺子上。智赫看着我，似乎在说"朱龙，快救我"。其他孩子的脸上也是一副"智赫怎么办啊？"的焦急神情。

"什么事都要讲究公平，来，这次给你！"

奶奶看了一眼东植。东植像老鼠见了猫，吓得赶紧伸出了勺子。奶奶给我们7个人每人都扯了一块黄花鱼肉，又撕下一条辣白菜放在勺子上。朋友们怕奶奶

呃

再夹菜，狼吞虎咽地把剩下的米饭一扫而光。

"吃完了我们到房间里玩吧。我给你们看个有趣的东西。"

我想赶快逃离奶奶，一放下勺子就站了起来。

"孩子们！"

奶奶这么一喊，我们像冻住了似的站住了。

"要不要再添点儿饭？"

奶奶拿着饭勺问。

"不用了。"

"吃饱了。"

朋友们向我递眼色，示意我赶快进房间。

"奶奶，我和朋友们去房间里玩了。"

我好不容易把这句话说出口，和朋友们一起冲进了房间。

我向大家展示了不久前组装好的"不朽的勇士"。

"哇！"

大家都赞叹不已。

"这是什么？"

"啊，八音盒！我妈妈去法国出差的时候买回来的，要不要听一听？还有埃菲尔铁塔呢。"

平时朋友们只顾玩手机游戏，这时看到我房间里的每一样东西，都觉得很有意思。

"朱龙，看来你书读得挺多啊。"

朋友们看到我书橱里的书，都有些吃惊。其实妈妈强迫我读的书更多。但看到朋友们诧异的神情，我得意地耸了耸肩。我们随意聊着天，玩起游戏来。大家正玩得不亦乐乎，沉浸在游戏之中，突然东植倒在了游戏盘上。一看就知道他是故意的。

"东植，你怎么了！"

"你看快输了，故意倒下的吧。"

"你犯规。"

朋友们你一言我一语地说着。

东植坐起身子瞪了朋友们一眼。

"卑鄙。"

大家似乎要和东植打上一架。这时房门吱呀一声开了。奶奶突然走进来。朋友们都很紧张。

奶奶打开衣柜，一边往里放衣服，一边往外拿衣服，好像要准备出门。我等着奶奶赶紧从房间出去。终于，奶奶拿着衣服往房间外面走去。这时"噗"的一声。奶奶突然放了一个响屁。我脸上火辣辣的，奶奶却泰然自若地拿着衣服走了出去。奶奶刚一走出房门，朋友们迫不及待地嘿嘿笑了起来。

"关上门。"

东植赶紧关上门，直接上了锁。

"哎呀，毒气！这味道可不是开玩笑的。"
东植捏着鼻子说。

"朱龙，你奶奶可真有意思。嘿嘿！"
智赫随声附和。

其他孩子也捧腹大笑起来。

"别笑啦，你们不放屁吗？为什么要锁门？"
我的火气上来了，打开了房门。

噗——

# 守护者紫菜包饭

## 让别人幸福自己才能获得幸福

早上奶奶说要回趟老家，拉着黑色旅行箱出门了。从我家去奶奶家坐公交车大概需要40分钟。现在这个时间奶奶应该早就回来了，却不见奶奶的人影，我有些担心起来。

"地里还剩多少红薯秧啊，现在还不回来？"

这次该不会不用旅行箱，而是装一大卡车红薯秧过来吧？那我们家就得一年到头吃红薯秧了。光想想我就觉得可怕，不禁摇了摇头。我出门去上钢琴课，正站在路口等着过马路。

"朱龙。"

我听到有人喊，回头一看，原来是我们班的崔成模。他穿了一身剑道服。爸爸妈妈也说过几次让我学剑道，好把身体锻炼得壮实一些，但每次我都说不想学。上剑道培训班得先上基础班。崔成模会点儿剑道就趾高气扬的，要是知道我上基础班肯定要取笑我。

"朴朱龙，我看见你奶奶了。"

"我奶奶？在哪儿？"

"在前面的十字路口，她在地上铺了张席子卖菜呢。"

"哎，不会吧……你怎么知道是我奶奶？"

"刚才我妈在那儿买菜，你奶奶便问我上几年级，认不认识你。"

"什么？不可能。我奶奶今天回老家了。"

"真的，不信你自己去看。"

我身边已经围了一圈拎着培训班书包的小孩。绿灯亮了，孩子们穿过马路，四散而去。我没有过马路，想去看看崔成模说的那个奶奶是不是我奶奶，于是向他说的十字路口走去。

"走着瞧，崔成模！如果不是我奶奶，我饶不了你。看我不给你来个二段横踢。"

可我离十字路口越近越担心。如果真是我奶奶可怎么办呢？我跑起来，想赶紧确认一下。远远地，我看见一把大伞，伞下坐着一个人，面前摆着蔬菜。我走过去，越走越紧张，终于在伞前停住了脚步。幸好伞下的老奶奶并不是我奶奶。想起信口胡说的崔成模，气得我握紧了拳头。

"崔成模，我们明天走着瞧。"

我想着明天见了崔成模要找他好好算算账，转过身正打算走，可还是不放心，于是向做生意的奶奶问道。

"奶奶，今天还有一位奶奶在这里做生意吗？"

"你说什么？"

"我问您看到有个奶奶在这里卖红薯秧吗？"

"啊，那个奶奶啊！你要买红薯秧得明天来啦。那个奶奶已经回家了，今天的东西都卖完了。"

一听这话，我心里咯噔一下。本来还不确定呢，一说卖红薯秧的，看来就是我奶奶了。我们班大嘴巴崔成模知道了，早晚会传出去。明天一大早他就会在教室里大肆宣扬，说看到朱龙奶奶在十字路口卖红薯秧了。我眼前一片漆黑，耷拉着脑袋朝家走去，根本没心情去上钢琴课了。

"饿了吧？给你做红薯

呃啊！

秧饼吃？"

我刚走进家门，奶奶就迎了上来。她今天好像比其他日子开心，我赶紧问奶奶：

"奶奶，你今天卖红薯秧了？"

"你怎么知道的？生意太好了，一会儿就卖完了，明天再回去拿点儿来卖。"

"不行，绝对不行。"

"怎么啦？"

"我朋友说看见奶奶了。"

"你说那个跟着妈妈来买红薯秧的？"

"奶奶你怎么随便说起我了呢？"

我气得对奶奶大喊大叫。

"我听他说和你在一个学校上学，高兴了才说起你的。知道了，以后不提你了。"

"那也不行。干吗非在我们家附近做生意啊，丢人现眼。"

"我在家里没事干，闷得慌，出去做生意还能和那个卖菜的奶奶交交朋友，不是挺好的嘛。"

奶奶说完，进屋拿了一张存折出来。

"你看，今天赚了12000（约合人民币72块）。"

奶奶打开存折骄傲地说。我对存折视而不见，没好气地顶了回去。

"反正就是不行。从明天开始，奶奶千万不要做生意了。"

"朱龙，我绝对不提你，不说是你奶奶。我要往这张存折里存钱送人。"

我火冒三丈，埋怨奶奶丝毫不考虑我的感受。要是再待在家里，我肯定会和奶奶大吵起来。奶奶太固执了，我说什么都没用。我把钢琴培训班的书包扔到客厅，从家里出来，去了理念小吃店。

"快进来。"

柏拉图叔叔笑得很开心。他正往外拿紫菜，好像要做紫菜包饭。

"朱龙，你能帮我接一下吗？"

柏拉图叔叔从厨房里把装有紫菜包饭材料的碗递给我。我赶紧接过碗，依次放在餐桌上，抹在紫菜包饭上的香油也准备好了。最后柏拉图叔叔拿着紫菜从厨房出来，我们面对面在桌子前坐下。

柏拉图叔叔摊开帘子，在上面铺了一张紫菜，放上米饭，然后仔细地把米饭均匀摊开，不让米粒粘在一起。

"你要不要试试？"

柏拉图叔叔突然递过来一个帘子问我。

"什么？不啦，我没信心。"

我摆摆手回答。

"卷一个吧，没关系的。"

我犹豫了一下，接过帘子。我按照柏拉图叔叔的方法，放上米饭，试着把米饭摊薄，可米饭却不听我的指挥，老是往手上粘，用力太大又会把紫菜扯破。直到扯破三张紫菜，才把米饭摊均匀。

"哎哟！"

"做得好，第一次能做成这样已经很好啦。我第一次做紫菜包饭的时候，差不多扯破了十张紫菜。哈哈！"

柏拉图叔叔像在说什么秘密似的，小心翼翼地说道。听他这么一说，我就安心了。

"好，现在让我们往上面加点儿材料吧！"

我学着柏拉图叔叔的样子，把材料一个个地放上去。放上苏子叶、胡萝卜、黄瓜之后，柏拉图叔叔夹起一块软乎乎的芒果，若无其事地把芒果放在米饭上，又放上苹果，然后卷了起来。我大吃一惊地问道：

"哦，叔叔！这是什么？"

"怎么啦？有什么不对吗？"

"应该放火腿肠和腌萝卜啊。"

"我放了芒果代替黄色的腌萝卜，这个紫菜包饭有点特别，里面没放火腿肠。"

我不太明白柏拉图叔叔为什么这样做，这个紫菜包饭哪是特别，简直是奇怪。

"紫菜包饭一般都会放火腿肠和腌萝卜，紫菜包饭吃的就是这个味儿啊。"

但是柏拉图叔叔丝毫不理会，继续卷着他独创的紫菜包饭。我不太情愿地看着。

"叔叔，我奶奶今天在十字路口做生意了……"

我说起了今天和奶奶的事。

柏拉图叔叔一反常态，既不反驳我，也不像平时

那样劝慰我，只是一言不发地卷着紫菜包饭。卷了大半天，叔叔才从座位上站起来。

"我去切紫菜包饭，正好我也饿了。"

柏拉图叔叔很快就把紫菜包饭切好，装在盘子里端了过来。材料没有平常吃的紫菜包饭丰富，看起来非常单调。一般的紫菜包饭，会在米饭里加入多种五颜六色的配料，味道鲜美。但是柏拉图叔叔的紫菜包饭里只有黄瓜、胡萝卜、苏子叶、芒果、苹果，没放最重要的火腿肠和腌萝卜，会是什么味道呢？

"你怎么不吃啊？"

柏拉图叔叔拿起一个紫菜包饭放进嘴里问，他嚼着紫菜包饭，一脸的满足。

"叔叔，我第一次见在紫菜包饭里放芒果，为什么不放火腿肠和腌萝卜呢？"

"这叫守护者紫菜包饭。我也学你，起了个菜名，怎么样？"

"守护者紫菜包饭？怎么叫这么个名字……"

"从前，有一群守护者负责保家卫国，他们不能吃太多东西，也不能吃熟的东西。"

"不让多吃就算了，为什么不能吃熟食呢？"

"把食物弄熟需要什么啊？"

"火啊，还需要有加热食物的碗和加热的时间。"

"对啊，敌人随时都可能发起进攻，守护者没有时间把食物弄熟，必须时刻严阵以待。"

"饭都不能随便吃，守护者真辛苦啊。"

"是啊，不过守护者很幸福，因为保护大家不受敌人侵扰就是守护幸福。让别人幸福自己才能获得幸福。"

"那照叔叔的意思，奶奶是守护者了？为什么这么说呢？"

"你刚才说奶奶要存钱送给别人做礼物，是吧？那么收到奶奶礼物的人一定会很幸福，因为礼物饱含着奶奶的一片心意。虽然奶奶不是在守护某个人，不过她也在努力给别人带来幸福啊。"

"奶奶或许很幸福，我却很不幸。不知道奶奶是为谁存的钱，但就得让我难受吗？我希望奶奶不要再做生意了。"

"你不就是担心朋友们会嘲笑你吗？"

"是的！我就是怕朋友们嘲笑我，想想就觉得丢人。"

"奶奶那么做肯定是有原因的。奶奶非得按她的方式给你过生日，你心里不是也不高兴吗？不过现在好像是你要求奶奶按照你的意思做。"

我听了这话，心里一紧。柏拉图叔叔说得对，奶奶做什么都是她的自由。

"你不吃紫菜包饭了？"

"不，我要吃。"

吃了口紫菜包饭，我十分惊讶。本来没有抱丝毫的期待，味道却非常棒。嚼上一口，香甜的芒果气息就在嘴里弥漫开来。

"哇，好厉害。芒果香甜宜人，苹果清脆爽口，吃上一口紫菜包饭真是让人心情愉悦。没放火腿，也很好吃。守护者紫菜包饭太好吃了！名字也很酷。"

"除了米饭，其他的材料就像守护者吃的食物一样，都是生的。"

我这下明白为什么叫守护者紫菜包饭了。就像柏拉图叔叔说的，守护者紫菜包饭真的很特别。

我回到家，发现奶奶没在看喜欢的电视，而是戴着老花镜坐在餐桌旁。仔细一看，她正在纸上写字。

"奶奶，这是什么？"

"写了这个贴在小区里，应该就不用到外面做生意了吧。"

我完全听不懂奶奶在说什么。看了一下奶奶在纸上写的内容，我吓了一跳。


**卖自家地里种的红薯秧**

**有需要请拨打电话：**

**010-5555-6666**

**李福顺**


"奶奶，你这是要干什么？"

"我要把这个贴到外面。我写了电话号码，人家看到这张字条，想买红薯秧就可以给我打电话。这样就不用在外面做生意了，你的朋友也就不知道了。"

奶奶说不在十字路口做生意了，实在是万幸，但我还是不放心。

第二天，从学校回来，我发现奶奶在小区里转悠，像是被人赶出来似的，一脸的怒气。

"奶奶，你在这里干什么？"

"嗯？没什么。"

奶奶摇摇头。

"朱龙，我差点被拉到派出所去。"

奶奶长长地呼了口气。

"奶奶出什么事了？"

"我往楼上贴这个东西，被保安发现了，刚刚吵了一场。说不经许可贴上去要罚款，我说这是哪门子法律，他就非要拉我去派出所，这算怎么回事啊？"

一时间我的火气也上来了，但想起柏拉图叔叔曾说过，不管什么事都要好好说清楚，于是我说：

"保安叔叔说的没错，小区里的广告都是经过许可之后才能贴的。奶奶你不知道这个规定，保安叔叔应该跟你解释清楚的……"

"是呢，要是保安也能像我们朱龙这样说清楚，我就不会跟他吵了。"

"奶奶，以后不要随便在小区里贴这种东西了。知道了吧？"

奶奶为什么要把辛苦赚来的钱送给别人呢？要是我，才不会这么做。

奶奶终于拿到许可了，她决心只贴这一次广告。奶奶做晚饭去了，我就替奶奶写卖红薯秧的广告。

"我们家朱龙都会帮奶奶的忙了，真懂事。这么快就已经写了五张啦。"

奶奶看了看我写的字条，微微一笑。得到奶奶的称赞我心里也很高兴。

"让别人幸福自己才能幸福。"

忽然想起柏拉图叔叔说的这句话。奶奶现在是不是就这样呢。吃过晚饭，奶奶

没有看连续剧，在房里忙着写广告。我抱着乔利走进房间，奶奶也没说什么，我们仨第一次待在同一个房间里。很久没和乔利待在一起了，我很高兴，这或许就是幸福吧。我心里美滋滋的，感觉自己让奶奶获得了幸福。

## 真诚的筋道面
### 善于倾听的人才是真诚的朋友

奶奶兴奋地把写着"卖红薯秧"的广告贴到墙上，还说要多卖点儿，给我买好吃的，但始终没提要把挣的钱给谁。

此后连续几天奶奶都没怎么说话，我想不会是奶奶卖红薯秧的钱被坏人抢走了吧。

"我该跟爸爸妈妈说吗？和奶奶约好不告诉他们的……"

但是问题越来越严重了。

"我再出去做生意怎么样？"

奶奶擦着房间的地板，冷不丁地说了一句。我正在看书，听奶奶这么一说，心里咯噔一下。

"奶奶，不是说过绝对不行吗？"

我大声说道，奶奶长长地叹了口气。上次好不容易才蒙混过去，要是奶奶又在十字路口做生意，肯定会在整个学校传开的。

"朱龙奶奶啊，在十字路口卖菜呢，看来朱龙家的日子过不下去了。"

"太不幸啦。"

"要是我奶奶那样，我就没脸上学了。"

同学们会对我指指点点，我上学也抬不起头了。

"奶奶，绝对不行。你要是在十字路口做生意，我就告诉爸爸妈妈。"

我皱着眉头大声说完就走出家门，去了理念小吃店，正巧碰到一个阿姨和一个男孩开门出来。

"朱龙来了啊，你来得正好，奇怪，我今天想不出什么好点子。你今天想吃什么？"

柏拉图叔叔高兴地问。我满脑子都是奶奶的事，心烦意乱，没有胃口。

"随便。"

"怎么办？这里没有这道菜。"

柏拉图叔叔哈哈大笑起来，见我不高兴，他止住了笑。

"今天做筋道面，怎么样？"

"好啊。"

我心不在焉地回答。

"好的，你还没跟奶奶和好？"

柏拉图叔叔看了看我的表情。

"奶奶又说要去十字路口做生意了。可能是她贴了卖红薯秧的广告，却没有人打电话买吧。"

"还有这回事啊？"

"叔叔，老奶奶都爱自言自语吗？"

"这个嘛，每个人都会自言自语。"

"电话号码写错了？字再写大点儿？不会被风刮走了吧？奶奶老是这么自言自语。"

"奶奶应该是想跟人说说话，又没人听，所以才自言自语的吧？这个时候你要是能听奶奶说说话，她会感到很幸福。"

"我吗？我又不能给奶奶找到解决问题的

办法。"

"能找到解决问题的办法是好，但不一定非得那样。只要你听奶奶说说话，奶奶就会很幸福。善于倾听的人才是真诚的朋友，这个真诚的朋友也可以是家人啊。"

柏拉图叔叔说完就进厨房煮筋道面去了，煮面条的时候，叔叔一脸真诚。筋道面到底什么味道呢？我馋得口水都快流出来了。

等了好一阵儿，柏拉图叔叔端了两碗筋道面坐到我面前。筋道面上还放了一根竹签，上面串了三个小西红柿。

"叔叔看来很喜欢吃水果啊。紫菜包饭里放水果，筋道面酱里不会也放水果了吧？"

"朱龙好像发现我的烹饪秘诀了。你说对了，酱里没放白糖，放了果汁，快尝尝。"

"好的，我来尝尝。"

我很好奇筋道面的味道，简单拌了拌就放进嘴里，味道和一般的筋道面并没有什么区别。

"怎么样？"

柏拉图叔叔像只甲鱼一样伸长脖子问。

"味道很普通啊。"

"是吗？再加点儿调料拌拌？"

我按叔叔说的把酱拌匀，又尝了一口。

"怎么样？"

柏拉图叔叔睁大眼睛，一脸期待地问。

"比刚才好吃多了。"

我口里塞满了筋道面，含混地说道。

"想成为别人真诚的朋友，要学会等待。就像这筋道面，把酱拌匀也需要花费时间和精力。

"虽然多花了点儿时间，但酱料拌匀了会更好吃，我刚刚想到筋道面的名字啦。"

"是吗，叫什么？"

"真诚的筋道面。"

"真诚的筋道面？"

"对，要成为真正的家人和真诚的朋友需要等待。就像吃筋道面，等把酱汁拌匀了，才能品尝到美味。所以就叫真诚的筋道面，怎么样？"

"这个名字很合适。叔叔真了不起！"

柏拉图叔叔为自己竖起大拇指，我嘿嘿笑了。筋道面太好吃了，让人还想再吃一碗，但我还是忍住回家了。

　　"奶奶，我回来了。"

　　奶奶坐在沙发上，我走近一看，奶奶开着电视在沙发上睡着了。

　　"朱龙回来了啊。"

　　奶奶勉强睁开眼睛，她的声音太小，听不太清楚。

　　"奶奶，有买红薯秧的电话吗？"

　　"电话？我正想说这个事儿呢。因为要对你爸妈保密，我也没法跟他们说，憋得难受。"

　　奶奶紧皱着眉头，看起来郁闷得要命，她从沙发上站起来，说不知道为什么连个电话都没有，是不是广告被人撕了，把各种担心都说出来了。

　　"那我们再贴一次吧，字再写大点儿，胶带再粘牢点儿。"

　　听我说完，奶奶仔细想了想说：

　　"我看这生意还是不做的好。你爸妈要是知道了怎么办，再说，现在地里也没什么菜了。"

"真的吗？"

"嗯，也没多少菜能卖了，算了吧。"

听了这句话，我心里踏实了，突然想起我一直好奇的那个问题。

"奶奶，那你就存不了钱了。你不是说要挣了钱送人吗，不会把钱给什么奇怪的人吧？"

"奇怪的人？朱龙都担心起奶奶了，长大啦。不是什么奇怪的人，是我喜欢的人，你不用担心。"

奶奶摸摸我的头，好让我放心。

"那就好。"

"我省点儿零花钱存起来呗。"

"再怎么喜欢，有必要省出零花钱给他吗？我才不会给别人，我要买好吃的，还要买玩具。"

"我都是年纪一大把的老太婆了，买玩具干什么？"

奶奶笑着说。

"我是说让奶奶买自己想要的东西。"

我挠挠头回答。

"我什么都不要，有你这么个宝贝孙子，我还想
要什么？"

奶奶轻轻地拍了拍我。

"宝贝？我吗？"

"朱龙，你就是我的宝贝啊。"

我竟然是奶奶的宝贝，虽然有些意外，但我还是
很开心。

"地里剩的菜就分给邻居们吃吧，也分给你朋友
家一点儿。"

神奇的是，那天晚上之后，奶奶自言自语的现象一下子就好转了。真被柏拉图叔叔说中了，我听奶奶说说话，她就好了，我觉得自己表现得很不错。仔细一回想，似乎柏拉图叔叔之前说的都对。如果没遇到叔叔，我该跟谁说心事呢。柏拉图叔叔听我倾诉，是我真诚的朋友。

最近乔利真的很奇怪，饭也不怎么吃，我担心它是不是哪儿不舒服。如果我能听懂乔利的话该有多好啊？要是乔利也能听懂我说的话就好了……明天早上一起来我就带它去医院。

"乔利，你要坚持到明天早上啊。"

我轻轻地抚摸了一下乔利的头。乔利轻轻地闭上了眼睛，好像听懂了我的意思。

# 再见，乔利

## 生活有失有得

星期六一大早，爸爸妈妈就出门，去釜山参加婚礼了。

我很担心乔利，赶紧走到沙发前看它。乔利却不见了，到处是呕吐的痕迹。在我睡觉的时候，乔利好像把吃的东西都吐出来了。这得多么痛苦啊！可怜的乔利。

"乔利，我们去医院吧。"

我到处找乔利。

"你在哪儿呢？"

爸妈的卧室里没有，我敲了敲卫生间的门。

"什么事啊？"

奶奶从卫生间出来。

"奶奶，乔利不见了，我得赶紧带它去医院……"

接着我又进我的房间找，不经意地往床底下一看，吓了一大跳，床下有一个白绒绒的毛团，好像是乔利。

"乔利。"

我趴在床边，把乔利拉了出来。乔利闭着眼一动不动。

"乔利，睁睁眼，快起来。"

乔利的身体冰冷僵硬。

"奶奶，乔利很奇怪，硬得像块木头。"

"我看看。"

奶奶摸了摸乔利，轻轻地闭上了眼睛。

"朱龙，乔利好像死了。"

"是吗？"

我的心咯噔一下。乔利死了，这简直让人无法相信。

"乔利不会死的。赶紧去医院，医生会救活乔利的。"

"朱龙，你不是说按人的年龄算，乔利大概有70岁了吗？动物啊，人啊，总有一天会离开这个世界的。乔利应该是去好地方啦。"

"去什么好地方？去哪儿了？"

我哭得稀里哗啦。

奶奶把我抱在怀里。过了好一会儿，我勉强止住了哭，往纸箱里铺上包袱，把乔利放了进去。我怎么也无法相信乔利死了。我大概喊了乔利20次，总觉得没准儿乔利只是晕倒了，还会醒过来。等了半天，乔利还是在箱子里一动不动，没有醒来。这时我才接受乔利死了的事实。

怎么埋葬乔利才好呢，这个问题我连想

都不愿想。

"朱龙，和奶奶一起上山吧。"

"上山干什么？"

"得把乔利埋了啊。"

我忽然想起我们班胜雅说过，她家的狗死了，本来想埋在近处的山上，但听说不能那样做，就埋到别的地方了。我赶紧上网搜索了一下，胜雅说得没错。

"奶奶，不能随便把死了的动物埋在山上。"

"那怎么办呢？"

我犹豫了一会儿，跟奶奶打声招呼就出了门。

"你这家伙，现在要去哪儿？"

我奋力朝理念小吃店跑去，一路上泪水止不住地往下流。可能是太早了，店里没有客人，只有柏拉图叔叔一个人在打扫卫生。

"你一大早出来做什么事啊？先坐下。"

柏拉图叔叔很惊讶，帮我抽出一把椅子来。我刚一坐下，就向叔叔诉说乔利的事。

"你是问乔利死了会去哪里吧？虽然我们看不见，但乔利肯定去了好地方，它会在那里过得很好的。"

"奶奶也这么说。虽然不知道那个地方在哪儿，真希望那是个好地方。"

"人活着都会遇到困难，人生有得有失。失去乔利，虽然现在很难过，但只要你撑过去了，内心会变得更加强大，以后遇到再大的困难也能挺得住。"

听了柏拉图叔叔的这番话，我多少宽慰了一点儿。

"我愁的是现在要把乔利埋在哪儿。"

"你想怎么做？"

"不知道，想不出什么好地方。也不一定非得埋在山上，只要是有土的地方就好。"

"院子怎么样？"

"对啊，我奶奶家有院子，院子里有土，有树，非常宽敞。"

"那你跟奶奶说一下不就行了！"

"奶奶应该不会轻易答应，她不喜欢乔利。"

"说说看吧，奶奶也和乔利一起生活了这么长时间了。"

我匆匆忙忙跟柏拉图叔叔打了招呼，从小吃店出来回家了。

"奶奶，我回来了。"

我走到装乔利的纸箱旁。

"乔利。"

我叫了一声乔利，探头往箱子里看，没看到乔利，里面只有一个包裹严实的包袱。应该是奶奶把乔利包起来了，包袱裹得严严实实，这下乔利好像真的死了。以后再也看不到乔利了，想到这儿，我的鼻子一酸，又难过起来。

"朱龙，我们把乔利送走吧。"

我无法轻易回答奶奶。我想把乔利埋在奶奶家的前院或者后院，但这句话一直在嘴里打转，说不出来。我左右为难，在客厅和我的房间之间不停地走来走去。

"怎么办呢？就按奶奶说的，把乔利埋在山上？不能随便找个地方就把乔利埋了。"

我一个劲儿地自言自语。

"朱龙，你过来和奶奶聊聊。"

奶奶坐在沙发上叫我。

"来，你说说想怎么埋葬乔利。"

这是奶奶第一次主动问我，让我有些吃惊。

"快说吧，这次按你的想法办。"

奶奶盯着我的脸，似乎猜出了我的心思。于是，我鼓起勇气说道：

"奶奶，乔利就像我的弟弟，我们一起生活了十多年，它在我的房间里也住了五年。它死了，我不想把它埋在山上。所以……能不能埋在奶奶家呢？奶奶家不是有前院，有后院，有土吗？"

我说完，偷偷地瞄了一眼奶奶的神色。

"把乔利埋在我家？没什么不行的啊。"

"真的吗？真的可以把乔利埋在奶奶家吗？"

"当然可以啦，我怎么就没想到这个办法呢？"

"奶奶，谢谢！谢谢！谢谢您！"

我向奶奶道了三次谢。奶奶起初好像吓了一大跳，接着马上拍了拍我的背。幸好我鼓起勇气拜托奶奶了。我和奶奶把装着乔利的箱子捆好，出发了。

一到奶奶家，我们就去了后院，决定把乔利安葬在后院的树下。我们挖了一个坑，把包裹好的乔利放进去。

"乔利，你也会去爷爷待的好地方吗？你要跟爷爷好好相处啊。"

我向乔利告了别，盖上了土。

奶奶家的后院比想象的大，以前拿到我家的菜都是这里种的。奶奶一个人种这么一大片地，还把种的菜带到我家，应该非常辛苦，奶奶的腰今天显得更弯了。我和奶奶把乔利坟上的土拍好就回家了。

打开家门，仿佛乔利马上要跑过来，会在沙发和

墙壁之间探出头来，或是卧在那里打瞌睡。我坐在沙发上半天不吭声，总是想起埋在漆黑冰冷的泥土里的乔利。

"奶奶，乔利去好地方了吗？"

"当然了，你别担心了。"

奶奶胸有成竹的回答让我稍微安心了一点儿。

## 战胜悲伤的办法
### 最大的胜利就是战胜自己

　　星期天清晨，我被奶奶打电话的声音吵醒。我起了床，头发乱糟糟地走进客厅，爸爸妈妈都穿着睡衣出来了。

　　"怎么了？"

　　"我给你叔叔、姑姑打了电话，今天去看爷爷。我老是梦见你爷爷，心里不好受。"

　　奶奶就像刚来我家的那天一样板着脸，有气无力地说。爷爷的墓地从我家开车去要花不少时间。吃早饭的工夫，叔叔、婶婶和姑姑们都到了我家。

　　奶奶为爷爷买来了水果和糕点，我们向爷爷所在

的公墓出发了。一路上奶奶不停地抹眼泪，见奶奶这样，我也不好受。

到了公墓，走到爷爷的墓地，奶奶一见到爷爷的骨灰盒就放声大哭起来。

"哎呀，老头子……"

奶奶不停地哭，大家都低着头抽泣。

"在那边别生病，活得舒舒服服的，也好好关照我们的孩子。保佑他们不要生病，顺顺利利。我现在住大儿子家，你不知道我们朱龙多懂事，我心里很踏实。"

听了这番话，我觉得有点儿对不起奶奶，想起和奶奶吵架的事来。

放屁打嗝，卖红薯秧，还有乔利的事，一幕幕闪现在我的脑海之中。

"哎，我想爷爷，想乔利。"

我在心里向爷爷倾诉。

"爷爷，您在那个地方不要

生病。我现在不和奶奶吵架了，和奶奶相处得很好。乔利也和爷爷在一起吗？乔利也像爷爷一样生病了……"

我盯着爷爷的照片看了很久，想起奶奶家后院的乔利。

"乔利，你还好吗？在爷爷身边不要生病，要好好的啊。"

我们跟爷爷道过别后就回家了。

大家一回家就睡觉了。我也躺在奶奶身边慢慢地睡着了。

睡梦中，我正在爬山，不知从哪儿传来了"汪汪汪"的狗叫声。环顾四周，只见乔利远远地跑过来。

"乔利！乔利！"

我高兴地大喊着乔利，嘴里却发不出声来。乔利跑过来，扑进我的怀里，用它温软的舌头舔我的下巴。我挠了挠乔利的下巴，又挠了挠它的头和肚子。

"乔利，我们回家吧。我给你洗个干净澡。"

我抱起乔利往山下走，乔利却刺溜一下从我的怀里滑了出去，骨碌碌地从陡峭的山坡上滚了下去。我竭尽全力想要抓住乔利，但最终还是没能抓住它。我放声大哭起来。

"乔利，乔利！"

这时，有人摇了摇我的肩膀。我睁开眼睛一看，原来是奶奶。

"乔利还活着。我想抱它回家，结果却把它摔下去了。都怪我，我该抱紧乔利的……"

最终没能找到乔利，我伤心地哭了起来。

"你做梦了啊，我也经常梦见你爷爷，一醒来就后悔你爷爷活着的时候没能把他照顾得更好点儿。"

奶奶叹了口气，抚摸着我的额头。

我原本想对奶奶说要去老家看乔利，但最终没能说出口。因为奶奶陷入了思念爷爷的悲伤之中。我去了爸爸妈妈的房间，地板上铺着一床被子，妈妈躺在上面睡着了，累得打起了呼噜。于是，我向睡在床上的爸爸走去。

"爸爸！爸爸！"

我小声地叫了两声，爸爸睁开了眼睛。

"什么事啊？"

"爸爸，我们去奶奶家吧。"

"怎么突然要去奶奶家啊？"

爸爸睁大了眼睛。

"我想去看乔利，看看它好不好。"

"下周去吧。"

爸爸又合上了眼睛，喃喃地说。本来还想跟妈妈说的，但后来还是出来了。我真的很想去看乔利，但没有勇气一个人去。

"我出去一会儿。"

我去理念小吃店，向柏拉图叔叔说了看爷爷回来之后梦到乔利的事。

"你说在梦里弄丢了乔利？尽管是个梦，你一定也被吓坏了。"

"我想去看乔利。"

"你去乔利那儿干什么呢？"

"这我还没想过。"

"朱龙，悲伤难过的事情不只发生在你一个人身上，别人也会经历。挺过艰难困苦就是战胜自己。"

"不是战胜对手，而是要战胜自己？那需要怎么做呢？"

"乔利死了，你也不能一直悲伤啊。你要克服悲伤、生气的情绪，这就是战胜自己，取得了最大的胜利。"

我出了理念小吃店往家走去。

"朱龙！"

有人从后面喊我，回头一看，原来是东植，他旁边还有智赫。

"喊你好几遍了，你都没听见吗？你怎么了？"

我突然想到了一个办法。

"你们要不要和我一起去看乔利？"

"什么？乔利在哪儿？"

"在我奶奶家。"

"好。"

他们跟我一起回了家，直接进了我的房间。以前见过智赫用肥皂雕的乌龟，很好看。在智赫的帮助下，我也用肥皂做了一个乔利的雕像。带上那个雕像，我们去了奶奶家。

在公交车上，东植说他一个人去过大邱，这点儿距离简直就是小菜一碟。

终于平安到达了奶奶家，我们走到后院树下乔利的坟前。

"在这里。"

我把肥皂雕像放在乔利的坟上，用土盖好。

"为什么要把肥皂雕像埋了？"

东植问。

"你说过晚上要下雨吧？"

我问智赫。

"嗯！"

智赫抬头看着天空回答。

"我梦见乔利了，它身上非常脏，味道也很难闻。"

我哽咽着说。

"所以呢？你的意思是说下雨了，肥皂会渗到地下，把乔利洗得干干净净？"

东植嗤之以鼻地说。

"怎么不行呢？这也有可能啊。"

听东植这么说，我很伤心。

"东植，你别这么说。朱龙失去乔利很伤心才会这么做的。"

智赫能理解我的想法，这让我多少有些安慰。我把肥皂雕像放在乔利的坟上，沉重的心情马上轻松了许多。

"其实我做肥皂乌龟雕像也是有原因的。我养的乌龟死了，奇怪的是，做了肥皂乌龟雕像之后，我心里就舒服了，就像我真心为乌龟做了点儿什么似的。"

"你们俩说起话来就像是哲学家。"

东植撇撇嘴说。

我突然想起了柏拉图叔叔，想起了大书柜里的很多书。可能是因为叔叔读了很多书，才能给我那么多好的建议吧。

"理念小吃店的叔叔真了不起。"

我不知不觉脱口而出。

"你说什么，谁？"

智赫瞪圆了眼睛问。

"那个……"

我本想讲讲柏拉图叔叔，话到嘴边又收回去了。我望着乔利的坟，很感激今天陪我一起过来的东植和智赫。他们俩今天一直都在听我说话，不愧是我的好朋友。我下定决心，以后东植和智赫要是有什么伤心事，我一定会耐心听他们倾诉。

# 奶奶走了，叔叔也走了
## 心怀理想

吃早饭的时候，爸爸妈妈的表情很沉重。

"妈，别这样，跟我们一起住吧。一个人住多孤单，我们也没办法照顾您。"

妈妈忧心忡忡地说。

"您为什么突然要回老家啊？"

爸爸提高了嗓门。

"奶奶要回老家？为什么？"

我大吃一惊地问。昨晚发生了什么事吗？实在想不明白奶奶为什么会突然提出要回老家。

"也不能一直和你们住啊，我也得学会一个人生活。现在独居的老人很多，无聊了就去游游泳，跳跳有氧操，学唱歌。朱龙也要自己住啊，和我这个一把年纪的老太婆一起住有什么意思？"

奶奶看着我说。

"奶奶，您别走，我们搬到大房子里住不就行了。"

"你爸妈都上班，很多时候你一个人待着，我心里是有些过意不去，不过那也得走。我想你了就过来看你，你想奶奶了也随时过去玩。"

最终，谁也没能拗得过奶奶。

最近奶奶好像不怎么穿黑衣服了，衣服的颜色在一点点改变。不过奶奶一个人住，我还是很担心。我怕奶奶是因为我之前表现得太嫌弃她才想一个人住，心里暗暗后悔。

每次放学回家，奶奶都会迎接我，以后再也没有人迎接我回家了。突然感觉我的房间会很冷清。奶奶真的要回她自己家住了，我曾经折腾奶奶的记忆一一浮现在眼前。

我想起奶奶刚来的时候，我埋怨奶奶在朋友面前放屁，嫌弃奶奶做的饭不好吃。尽管如此，奶奶还是为我做了很多事，我却什么也没为奶奶做过。

从学校回来，我看见门口放着一个黑色的旅行箱。我心里咯噔了一下，那不是奶奶第一次来我家时拉的旅行箱吗？

"奶奶。"

"朱龙从学校回来啦！饿了吧？"

奶奶从房间里出来，去了厨房。

"给你做红薯煎饼怎么样？"

奶奶不等我回答，就把事先切好的红薯片蘸上面糊，放在平底锅上。

"奶奶，你怎么把箱子拿出来了？今天回老家吗？"

"嗯，我慢慢搬。"

谁也拦不住奶奶。奶奶每天晚上都喊膝盖疼、腰疼，白天却又像个大力士一样使劲儿干活。最后奶奶还是拉着旅行箱出了家门，剩下我一个人孤零零地在家里。上钢琴课的时间还早，不过我还是出了门，去了理念小吃店，却看见店门前贴了一张纸，上面写着"休息中"三个大字。

"叔叔哪儿不舒服？还是出了什么事？"

我抱着侥幸心理推了推门，幸好门开着，里面飘出来好闻的饭菜香味，味道比平时还要香。

"叔叔。"

"快进来。"

柏拉图叔叔从厨房向外看了一眼，热情地招呼我。

"味道真香啊！怎么贴上'休息中'的字条了？"

"啊，我不打算再做生意了，今天最后一次做吃的。这是我最后一次给你做吃的。"

叔叔边说边从厨房里走出来。

"你怎么知道我会来？"

叔叔在我面前坐下，我把椅子拉到叔叔跟前。

"我的心感觉到的。"

柏拉图叔叔笑着说。

"叔叔，奶奶要回老家一个人住。"

"奶奶走了，你又能自己住一个房间了，多好啊。"

"不，我本来以为自己会高兴，但等奶奶真说要走了，我心里却很不好受。"

"不过有你这么个懂事的孙子，你奶奶应该会过得挺好的。"

"真的会这样吗？"

"当然了，奶奶早晚会需要你的帮助，到时候你要帮忙啊。"

"你说奶奶会需要我的帮助？"

"是啊，奶奶寂寞了，你就和她说说话；病了，你就陪她一起去医院。"

"这些事我可以做好。"

"奶奶是不满足于现实，要去寻找理想，她肯定会找到更好的人生，你不要太担心。"

"理想是什么？"

"每个人的理想都不一样。有的人理想是和家人幸福地生活，有的人理想则是努力学习，成为优秀的学者。现在奶奶的理想不就是要一个人堂堂正正地生活吗？所以才说回老家的。"

我听了柏拉图叔叔的话，有点理解奶奶的想法了。

"叔叔，我该去上钢琴课了。"

"朱龙，一会儿一定要过来啊，上完培训班之后。我有一些好吃的要给你，还有话对你说。"

"好的！"

我上完钢琴课就去了理念小吃店。

"叔叔，我来了……"

一进小吃店，我大吃一惊，墙边的树上挂着数十个闪闪发光的小灯泡，装扮成圣诞树的模样。桌上也摆满了食物，但所有的食物都装在小盘子里。起初我不解其意，但很快就明白了叔叔的心思。要是用大碗盛，还没等品尝完所有食物，肚子就饱了，叔叔是想让我把每种食物都尝一遍。

"坐吧。"

叔叔穿着笔挺的西服把椅子抽出来，我一头雾水地坐了下来。食物的香气扑鼻而来。柏拉图叔叔坐在我对面，拿起了叉子。

"你在想什么？赶紧趁热吃吧。"

"叔叔，今天是什么日子？是你的生日吗？"

叔叔听了这话笑了。

"上次你过生日，我也没送什么礼物，就准备了这顿饭，我还有些话要对你说。你不好奇这些食物味道怎么样吗？"

"我来尝尝。"

我先尝了口海鲜意大利面，又吃了丸子、年糕、蛋糕、辣酱鸡肉炒乌冬面。叔叔做的饭菜都很好吃，

很难选出哪个最好。

"怎么，不好吃吗？"

"不，都很好吃的，很难选啊。"

叔叔微笑着站了起来。

"好，真正特别的美食现在正等着你呢。"

叔叔走进厨房，端来一个陶瓷锅和一个盒饭模样的方形碗。我很好奇里面到底是什么东西。锅盖终于打开了。一阵热气呼地冒上来，鱼饼的味道扑鼻而来。

"原来是鱼饼啊。"

柏拉图叔叔微微一笑，示意我打开饭盒的盖子。

我赶紧打开饭盒。

"包子。"

我以为会是什么特别的食物，原来是鱼饼和包子，我不免有点儿失望。

"你失望了？"

柏拉图叔叔问。

我没吱声，不过，我的表情已说明了一切。

"下个月我要参加在中国举行的烹饪比赛，我要在那儿做包子和鱼饼。"

"不是都说鱼饼日本人做的好，包子中国人做的好吗？"

"真的吗？就算是那样我也要挑战一次。不管三七二十一，勇于挑战，这种精神也是我寻找理想所需要的。"

柏拉图叔叔真是心怀理想。无论是之前研发新品，还是今后挑战厨艺大赛，对柏拉图叔叔来说，都是寻找理想的过程。

"朱龙，我很快就要离开了，回到我的家乡。"

这时我才仔细地打量起叔叔的脸庞，第一次见叔叔时只觉得他鼻梁特别高。今天细细一看，他的眼珠竟然是蓝色的。

我突然好奇叔叔是从哪里来的。平时我只顾着说自己的苦闷，却从没听叔叔讲起自己。这段时间叔叔成了我真诚的朋友，听我诉说心事，我却没能为叔叔做这些。

# 真诚的朋友，柏拉图叔叔
## 我也有理想

柏拉图叔叔离开的那天，我把自己做的肥皂雕像送给了叔叔。

"这块肥皂雕像真漂亮啊！谢谢！鼻子高高大大的，刻得和我很像啊。不，比我还要帅一点。"

柏拉图叔叔哈哈大笑起来。

"还有一个礼物。"

"除了肥皂雕像，还有其他礼物呀！"

叔叔睁大眼睛问。

"是的，不过不知道会不会对叔叔有帮助。给，你准备料理大赛的时候可能有用。"

我把一个信封递给他。

"真是特别的礼物，好的，谢谢！"

我第一次和柏拉图叔叔握了手，叔叔的手很温暖。突然觉得叔叔那张看了几个月的脸庞莫名地陌生起来。

柏拉图叔叔离开之后，每当我路过小吃店，内心深处的思念就会涌上心头。乔利走了，奶奶也不在家，柏拉图叔叔也走了，感觉自己一个人好孤独。最让我难过的是，之前每当我有烦恼，就找柏拉图叔叔倾诉，现在再也不能那样了。

而且我知道了一件非常重要的事，就是奶奶存折里的秘密。那个存折是为我准备的，奶奶想等我上大学时把存折当作礼物送给我。我连这个都不知道，还误会奶奶。更令人惊讶的是，奶奶前不久开始学开车了。奶奶在新闻上看到有位99岁的爷爷通过了驾照考试，也下决心学车。不久，我收到了一封信。

朱龙，

你过得好吗？

我现在在中国呢。告诉你一个好消息，我获得了料理大赛的冠军。

这多亏了你送的特殊礼物。我照你信上说的方法，把炒年糕切成小块放进包子馅里，做出的包子口感十分筋道，在大赛中取得了最高分，得了冠军。

对了，包子的名字就叫"朱龙包"。

之前我没说过，我的家乡在希腊，我一直学习哲学。旅行了这么久，现在有些想念故乡了。虽然对家乡的记忆都有些模糊了，但我还是要回到大海旁边美丽的故乡。

和你一起度过的那段时光非常愉快。你不要忘了我说过的话：心怀梦想才能生活幸福。希望你也能找到自己的理想，并早日实现它。要想实现理想，你一定要多读书啊。

柏拉图叔叔


我把信封打开重新看了一遍，里面有一张照片。照片里柏拉图叔叔笑容满面，手中捧了一盘包子。

过了好一会儿，我突然想起一件事。我拉了一把椅子到客厅的书架前，把最上面一排书的书名读了一

遍。中间有本书叫《理想国》，作者就是柏拉图。去年爸爸整理书架时指着最上面的一排书说：

"朱龙，这些都是爸爸读过的书，以后你一定要读一读。"

那天我只是心不在焉地应了一声，早把这件事忘得一干二净了。我把那本书抽出来打开，目录里面有守护者、国家、理念等叔叔经常提到的词语。我这才明白柏拉图叔叔是谁了。我打开电脑，检索了一下柏拉图。柏拉图是希腊哲学家，公元前出生，是很久以前的人啦。我一句话也说不出来，那个真诚地听我倾诉苦闷的朋友竟然是希腊最著名的哲学家柏拉图……

我猛然醒悟，急忙又查看了一遍信封，上面没有寄信人的地址，但收件人的姓名和地址都写得很准确。

我匆匆忙忙穿上运动鞋，奔向理念小吃店。一路上心扑通扑通直跳，等我气喘吁吁赶到理念小吃店时，一切如故。和叔叔离开那天一样，门上还贴着"休息中"的字条。

我小心翼翼地推了推小吃店的门，门没有上锁。我走进小吃店，环顾四周。和我第一天来的时候一样，书架上密密麻麻地摆满了书，书架上也有那本《理想国》。我心情激动地把书抽出来，打开封面一看，我的心脏差点儿停止了跳动。

## 纪念我的第一本书
### 柏拉图

我拿着书走出小吃店。不知不觉间，外面的天已经有些昏暗。仰望天空，一两点闪现的星光显得神秘莫测。柏拉图叔叔让我追求理想的话语一直萦绕在我的耳畔。

# 柏拉图是谁？

德国文学博士　沈玉淑

# 1. 柏拉图的一生

**柏拉图是什么人呢？**

德国哲学家黑格尔曾说过："哲学始于柏拉图。"美国哲学家怀特·海德曾说过："整个西方哲学不过是柏拉图哲学的一系列注脚而已。"

公元前427年，柏拉图出生于希腊雅典附近的一个贵族家庭。身为贵族子弟，他受到了良好的教育，21岁时成为苏格拉底的弟子。据说当时男性流行健美的体格，柏拉图在健身之际遇到了苏格拉底。柏拉图从小就培养了诗歌、音乐、美术、戏曲等方面的才能，并作为摔跤选手参加了雅典举行的奥运会比赛，在体育方面也表现出了卓越的能力。

柏拉图认识苏格拉底之后，被他渊博的学识深深折服，决心向他学习哲学。后来，柏拉图成为苏格拉底最杰出的弟子，以及最优秀的哲学家。

公元前399年，苏格拉底在雅典被处死，柏拉图目睹了老师在法庭上经历的所有痛苦，决心离开雅典。此时，柏拉图31岁。

柏拉图对政治很感兴趣，希望借助哲学的力量，建立一个理想世界。但看到苏格拉底以教授青年错误的哲学为由被处决后，这个希望完全破灭了。对于柏拉图而言，苏格拉底不仅是最好的老师，也是最有智慧、最正义的人。经过这件事，柏拉图认为雅典是一个既不能教授哲学又不能伸张正义的地方。大失所望的柏拉图离开了雅典，去寻找一个可以自由学习和教授哲学，实现政治梦想的地方。他周游了包括意大利在内的很多地方，学习各种新的哲学思想，形成了自己的思想体系。

柏拉图40岁时在狄翁的建议下定居西西里岛。狄翁是西西里统治者狄奥尼修一世妻子的弟弟，十分尊敬柏拉图。为了接受柏拉图的教诲，狄奥尼修一世让狄翁把柏拉图邀请到西西里岛。柏拉图以为终于可以建立梦想已久的理想国家了。但抵达西西里之后，情况却出乎柏拉图的意料。柏拉图批判西西里错误的僭主政治（古希腊用不合法的手段成为统治者的政治）和统治者的奢侈生活，得罪了西西里的统治者，被驱逐到斯巴达，甚至被卖到希腊的奴隶市场做奴隶。幸运的是柏拉图被救了出来。回到雅典后，他创办了"阿卡德米"学院，专心著书育人。在这里，柏拉图撰写了《会饮篇》《申论篇》《理想国》等书。

公元前357年，柏拉图接受狄奥尼修二世的恳求，再次前往西西里。直到这时柏拉图还幻想可以实现政治理想，但最终还是失败了，一年后柏拉图回国。柏拉图一生重视身心和谐，在88岁的时候平静地离开了人世。

# 2. 柏拉图创办的第一所大学
## ——阿卡德米学院

公元前387年左右，柏拉图回到雅典，建立教授和研究哲学、科学的阿卡德米学院。阿卡德米原是一个地名，位于古希腊雅典城外西北处，曾为古代英雄阿卡得摩斯的一片神圣森林。柏拉图在这里创办了世界上最早的大学，以学院的所在地命名为阿卡德米，因此柏拉图被誉为人类历史上第一位教授。

此后，阿卡德米成为柏拉图哲学的中心。阿卡德米教授哲学、数学、修辞学、生物学、法学等多种学问，大部分课程通过散步和对话的方式进行授课，特别注重数学和体育。当时数学是哲学非常重要的一部分。柏拉图特别重视几何学，曾在阿卡德米正门上写下"不懂几何学者勿入此门"。而且他认为体育是平衡精神和肉体教育的必要条件。

阿卡德米是公元前4世纪重要的学术中心，二十多年间柏拉图在这里培养了不少弟子。在阿卡德米，不同国籍和人种的哲学家、科学家可以面对面地进行讨论，共同学习。

柏拉图最出色的弟子当属哲学家亚里士多德。亚里士多德不仅在哲学领域，而且在生物学等众多领域都留下了重要的著作，取得了不亚于老师柏拉图的成就。

公元前348年，柏拉图去世，他的侄子斯珀西波斯继承了阿卡德米。由于东罗马帝国皇帝查士丁尼一世（又译优士丁尼一世）下令关闭非基督教学校，阿卡德米于529年关闭。后来代表高级别研究或教育机构的"Academy"一词便由此而来。

# 3. 柏拉图哲学

 **理念——柏拉图哲学的中心思想**

柏拉图哲学以"理念"为中心。柏拉图把我们生活的世界一分为二。一个是我们通过经历和感受认识的世界，即现实世界；另一个是精神上纯粹的理念世界。

在我们可以看到和感受到的这个世界上，一切都会随着时间的流逝而变化消失。但理念的世界会超越时间和空间，永恒不变。理念的世界并不是真实存在的，只存在于精神之中。

柏拉图认为这种理念的世界即为真理，是我们赖以生存的现实世界的"原型"。换句话说，理念的世界是我们认识、理解、判断事物的标准。因为原型不受时空影响，从而我们可以通过原型把握现实世界。柏拉图认为理念世界虽然纯粹存在于观念之中，却是实际存在的，早在事物出现之前就已经存在。因此我们思考感知到的一切，都是对理念世界的模仿。

## "理念"有什么作用呢？

如果我们想画某个东西，首先要想起它的形状。例如，如果想画一个三角形，先要在头脑中想到三角形的模样。此时想起的那个三角形就是三角形的理念，即原型。有了这个原型，我们看到三角形时才会觉得"这个形状是三角形"。我们就是这样以原型为标准来认识和判断事物的。

再举个例子，我们看到大象的时候，会觉得它很大，知道这种动物叫大象，也是因为我们头脑之中有"大"的原型和"大象"的原型。但是，我们无法在现实世界中将"大象"或"三角形"的原型一五一十地描绘出来。因为理念只存在于我们的观念之中。不过我们可以按照这些理念，在现实世界中创造出各种类似的事物。

理念，即原型，类似于某种事物的基本"模子"。例如制作鲫鱼饼时用的鲫鱼饼模子。放在鲫鱼饼模子里制作出来的才是鲫鱼饼，如果用其他模子制作的就不叫鲫鱼饼了。从这个意义上讲，理念就是原型。因为我们脑海里存有理念，所以才会按照原型认知世界。

柏拉图认为，理念是灵魂的故乡，生在这个世界上，灵魂就会被身体约束。因为身体记不住理念，是临时的、感性的、流动的。而灵魂眺望着理念世界，认为理念最有价值，并追求与之匹配的东西。柏拉图认为人类的灵魂和身体追求不同，相互对立，这种思想被称为"二元论"。二元论对基督教产生了巨大的影响。

　　当我们看到美的人或事物时，并不知道这些只是单纯美的东西，以为他们会永远美丽下去，但现实世界的美会随着时间的流逝而变化、消失。现实世界的美只是一时和"美"的原型的一部分相似而已。所以说，这种美不是美本身，不是真正的美。

　　另一方面，真正的美，即美的原型不同于那些不断变化和消亡的"美的东西"，它超越时间、空间和时代，永远存在于人的精神之中。人们记住了原型，尽力模仿。所以世界上不论多么美的人，都只是拥有美的原型的一部分而已，绝不是美的原型本身。

# 4. 柏拉图的洞穴比喻

柏拉图以理念为基础，将"认知"分为两种方式：一种是推测或凭空相信，另一种是理性地深入思考，合理判断后获得的认知。大部分人会把推测和毫无根据的认知当作"真正的认知"，但这些只是经验，并不是正确的认知。

柏拉图将这种由身体和欲望驱动的生活比喻为"洞穴中的生活"，并加以批判。柏拉图把我们生活的世界分为可见世界和可知世界。可见世界是一个用肉眼可以看到的世界，可知世界是一个可以用理性认知的理念世界。

柏拉图把彻底接受可见世界的人比喻成被铁链锁在洞穴中的囚犯，并把我们盲目相信和接受的东西比作铁链。在没有光的黑暗洞穴里，被锁住的囚犯看到的世界只是远离真实世界的一个影子而已。通过影子获得的认知并不是正确的认知。因此柏拉图把这种认知称为"意见（Doxa）"。这种认知看到的并不是真实的事物，而是像影子一样被歪曲变形的事物，掺杂着真实内容和虚假内容。所以"意见（Doxa）"又称为俗见、臆见。

洞穴外的世界是有着真正的认知和理念的可知世界。即，由理性光芒支配的世界。洞穴里的囚犯要想走到洞穴外的世界，必须先要斩断铁链，也就是要扔掉依靠经验和感觉的态度，通过理性思考才能够到达洞穴外的世界。与黑暗支配的洞穴内不同，洞穴外阳光普照，事物露出了原有的真实面貌。

因此走出洞穴的囚犯，起初看到明亮的太阳光会惊慌失措，迷惑不解，了解了理念的世界之后，才能够获得真正的认知。

那么哪些囚犯能自己斩断铁链走出洞穴呢？正是哲学家。柏拉图认为，哲学家有义务主动寻找理性的光芒，走出感性的世界，并引导洞穴中的人走出洞穴。

# 5.《理想国》是一本什么样的书？

和苏格拉底不同，柏拉图有很多著作。代表作有《理想国》《会饮篇》《苏格拉底的申辩》《克力同篇》《对话录》等，其中《苏格拉底的申辩》和《克力同篇》写的是有关苏格拉底的内容。苏格拉底没有亲自为自己的哲学理论著书，而是由他的弟子柏拉图撰写。《理想国》写的是有关理想国家的内容，是柏拉图最重要的一本著作。

柏拉图很早就非常关注理想国。恩师苏格拉底被处死后，柏拉图对雅典非常失望，更加迫切地想建立理想国。因为柏拉图认为至善是最好的理念，要通过践行和追求理念的伦理生活才能达到，而且这种伦理生活可以在理想国得以实现。

柏拉图所追求的理想国，其目标是实现至善，人人获得幸福。柏拉图认为人们通过合作可以获取更多的东西，因为一个人很难完好地保护自己，无法自给自足，所以人和人之间需要相互补充，开发潜能。

在理想国中，每个人都去做最适合自己天性的工作。柏拉图把人分为劳动者、守护者和统治者三个阶级，这种分类方法和人的灵魂分类原理相同。柏拉图把人的灵魂分为欲望、激情、理性三个部分，其中理性最为重要。欲望和激情都属于感官世界，激情高于欲望。与之相应，组成国家的个人也可以按照灵魂的三个部分进行分类。

统治者对应灵魂中的理性，最为智慧贤明。统治者应该比其他阶级具有更为理性的判断力，具备统治者应有的见识和领导能力，因此柏拉图主张统治者应该拥有哲学智慧。

守护者阶级负责国防和执法职责。守护者阶级应该摒除私欲，具备牺牲精神，有勇气，有激情。

劳动者阶级包括农民、手工业者和商人。这个阶级相当于灵魂的欲望部分，不能自我克制或管理，应当受到统治者的保护和指导。因为柏拉图认为对这个阶级进行管理，这对国家和个人的幸福都至关重要。

统治者是柏拉图理想国中最重要的阶级。柏

拉图认为不懂哲学的人不能统治国家。统治国家需要最为理性的能力，至高无上的德行，因此柏拉图主张应当由学习过50年哲学的贤者统治国家。这里说的哲学包括数学、文学、诗歌和音乐。

统治者要有为国家共同体的幸福牺牲自己的决心。反之，国民要服从统治者的支配，安分守己。

对于柏拉图的理想国主张，人们意见不一。许多人批评柏拉图主张的理想国具有强烈的整体主义性质，限制和压迫了个人自由。而另外一些人则主张为了共同体的幸福，应该彼此牺牲，限制过分的利己主义。

柏拉图认为比起统治者的品德和牺牲精神、个人的自由和幸福，共同体的幸福是建设美好国家最为必要的条件，并主张必须通过哲学的理性和智慧以及伦理上的节制建设理想国。

逆商培养童话
柏拉图叔叔的小吃店

姜胜任 李乙教育研究所所长

这本书对人性发展有什么样的帮助呢？

如果说研究如何做人的方法的学问被称为人文学的话，那人文学对正初步形成人性的小朋友们来说，就是一门非常重要的学问。因为人文学的根本就是培养理解别人、体谅别人的品行，也就是"正确的品行"。

认真地回答后面这些构建人性基础的问题，大家就可以获得判断和解决生活中遇到的许多实际问题的能力。不仅如此，还可以练习写作批判性的文章，学会正确表达自己的想法。

## 1. 培养基本人性，理解故事内容

*《逆商培养童话·柏拉图叔叔的小吃店》的每一章都用小标题写出了柏拉图想传达给各位小朋友的思想。回想一下童话的内容和各章节的教诲，回答下面的问题。通过回答问题，孩子会慢慢养成良好的品行。*

1. 当朱龙诉说不愿意和奶奶一起住时，柏拉图是怎么让朱龙从奶奶的角度去思考的呢？

2. 柏拉图对朱龙说要抱着什么样的心态学习才能开心呢？

3. 因为奶奶主张在家过生日，朱龙很不高兴，柏拉图给他提出了什么解决办法？

4. 为什么守护者要限制行动，不能自由地生活呢，柏拉图是怎么说的呢？

5. 朱龙做了什么，让奶奶不再担心，也不自言自语了呢？

6. 乔利死后朱龙十分伤心，柏拉图是怎么安慰他的呢？

7. 朱龙为克服失去乔利的伤痛做了什么事？

8. 柏拉图认为朱龙奶奶决定回老家的举动有什么意义？

9. 柏拉图给朱龙的最后一条信息是什么？

## II. 巩固品行，理解和批判

以童话内容为基础，拓展思考范围。和朋友们一起讨论下面的问题，你会发现每个人都有不同的立场和解决方案。结合自己的经验写一写阅读童话的感受，练习更好地表达自己的方法。

### 【和朋友一起讨论吧】

1. 讨论一下如何处理悲伤和愤怒的情绪。

- 默默忍受悲伤和愤怒的情绪。
- 如实表达悲伤和愤怒的情绪。
- 寻找自己悲伤和愤怒的原因。

2. 假如你像朱龙一样要跟一个和自己完全不同的人一起生活，当两个人意见不同或产生矛盾的时候，你会

怎么解决呢?

## 【写一写自己的经历】

1. 柏拉图说: "让别人幸福自己才能获得幸福。"
如果你也有这类经验, 试着写一写。

2. 你现在的理想是什么? 认真思考一下, 然后详
细地说明一下追求这个理想的原因。

## Ⅲ. 研究柏拉图

读完童话故事, 你有没有好奇柏拉图是一个怎样的人呢? 现在让我们仔
细阅读附录中介绍的柏拉图的生平与思想, 回答下面的问题。

1. 柏拉图为什么离开了雅典?

2. 柏拉图建立的阿卡德米学院是个什么地方?

3. "美"与"美的东西"有什么不同呢? 请说明
一下理念和现实的关系。

4. 请比较一下柏拉图所讲的洞穴内的生活和洞穴外
的生活。

5. 你对柏拉图主张的理想国满意吗? 写一写你觉
得好的方面和有问题的方面。

## 1. 培养基本人性，理解故事内容

1. 书中提到了白色炒年糕。白色炒年糕不红也不辣，看起来不好吃，但真正吃起来却不是这样。奶奶表面看起来老是生气，但其实并非如此。外表可能会掩饰内心真实的想法。

2. 如果学习是为了考试，硬着头皮学会很不快乐。但如果学习是为了变得更加有智慧，学会了不懂的东西，学习就会变得愉快。学得开心，考试自然考得好。

3. 书中朱龙没有试图改变奶奶的想法，而是改变了自己的想法。也就是说，不要只想在家过生日的坏处，要想想有什么好处。这样即使不能在外面过生日，也不会那么伤心了。

4. 守护者负责保家卫国。要想做好这项工作，守护者需要在生活中自觉限制饮食和各种行为，这样才能迅速地应对敌人的侵略，保护人民的安全。人民安全，守护者才会感到幸福。哪怕辛苦，让别人幸福自己才能获得幸福。

5. 奶奶不卖红薯秧之后变得烦躁不安，时常自言自语。朱龙告诉柏拉图，这件事让他很不舒服，柏拉图建议朱龙陪奶奶聊天。朱龙按照柏拉图的建议做了，奶奶平静地说出了自己的担忧和今后的打算。朱龙和奶奶聊天，成为奶奶倾诉的对象，奶奶也不再烦躁和自言自语了。朱龙成了奶奶真诚的朋友。

6. 乔利死后，朱龙心里很难受。柏拉图安慰朱龙说，乔利到了一个好地方，会过得很好。并告诉他生活有失有得，谁都会遇到困难。柏拉图鼓励朱龙说，只要克服了悲伤的情绪，内心就会变得坚强，即便以后遇到更大的困难，也能够坚持下去。

7. 乔利死后，朱龙很伤心。柏拉图告诉他，克服悲伤和生气的情绪就是战胜自己。于是，朱龙为了克服悲伤的情绪，用肥皂做了乔利雕像，埋在乔利的坟上。朱龙感觉好像为乔利做了点儿什么，心里就踏实了。

8. 书中说要不满足于现实，勇于追求理想。理想有时也可以是一个人堂堂正正地生活。

9. 柏拉图是古希腊哲学家，他在给朱龙的信中希望朱龙勇于追求自己的理想并努力实现它。柏拉图最后的一条信息就是，只有心怀理想，才能生活幸福。

## II. 巩固品行，理解和批判

### 【和朋友一起讨论吧】

1. 柏拉图说要战胜悲伤和愤怒的这类不良情绪。但是要在心中默默忍受，还是要说出来或是坦然接受呢，讲得并不清楚。其实柏拉图所说的战胜不良情绪并不是指一味地忍受，而是说不要被情绪牵着鼻子走。当有什么不良情绪时，要沉着冷静，研究一下为什么会产生这种情绪，可不可以用其他方式看待这个问题。这样我们才能接受事实，采取下一步行动。否则，总会想起那件事，不能集中精力做其他事情。我们可以通过分析问题中提出的三种意见，展开一场哲学对话。

2. 这是对孩子进行品德面试中经常出现的一种问题。设定一个具体的状况，让孩子们深入思考。例如住在宿舍，有的舍友会大声读书，有的舍友会乱洒自己不喜欢的香水，思考一下如何解决这些问题。不要感情用事，最好在尊重对方的情况下，找出一个对双方都有利的方法。但无论这个解决方法多棒，都不能自己决定之后再告诉对方，而是要敞开心扉和对方进行沟通，互相了解情况之后，制定出一些可以遵守的规则。这时候自尊心太强或者态度过于固执都不可取。

【写一写自己的经历】

1. 主题如果太大，反而会想不出来写什么，可以想一想在生活中为别人做的点滴小事。像是朱龙帮奶奶写卖红薯的字条，听奶奶诉说之类的小事。生活中也有一些具体的事例，例如认真地听朋友倾诉心事，朋友开心了，自己也开心。或者替父母跑腿，父母高兴了，自己也很幸福等等。写的时候，可以先详细描述一下自己的经历，接着写一下当时的感受和心情，最后写一下自己的感悟。感悟就是：让别人幸福自己才能获得幸福。

2. "理想"是追求更好的生活。不是说满足自己的贪欲，过上好日子，而是与身边的人一起幸福生活。例如，马丁·路德·金牧师的理想是追求一个黑人能和白人平等的社会。他希望无论是何种肤色，所有人都能得到同等的机会，实现自己的梦想。朱龙奶奶不想依靠家人，想独自地快乐生活也是一种理想。因为奶奶努力生活可以为家人做出榜样，也可以成就幸福人生。可以思考一下自己如何和别人一起生活或者希望这个社会如何变化。

3. 如果孩子们想不出来很好的经历，可以让孩子说一些需要鼓起勇气的情况。例如承认自己说谎时，承认自己失误或犯错误时，或是别人都赞成只有自己反对时，看到朋友做不好的行为忠告朋友时，向喜欢的朋友或异性告白时，或是做好事的时候等等。如果有类似的经验，可以像讲故事一样把这些经历写出来。

## III. 研究柏拉图

1. 柏拉图看到尊敬的老师苏格拉底被处死之后，决心离开雅典。他认为处决最有智慧和最为正义的苏格拉底，说明雅典的市民和政治出现了严重错误。于是，失望的柏拉图离开雅典去寻找一个可以尽情学习哲学，实现自己政治理想之地。

2. 经过长时间的旅行和流浪，柏拉图回到雅典，创立了阿卡德米学院。这是一个类似现代大学的教育机构，主要研究哲学和科学。此外，还研究和教授数学、修辞学、生物学、法学等多门学问，用散步和对话的方式授课。

3. "美"是理念，"美的东西"是现实。理念是永恒不变，永远存在精神中的概念。现实是我们看得见，听得着，感受和经历的变化世界。现实是对理念的模仿。有了理念，我们才能把握和理解现实世界。比如，我们能画出三角形，是因为有三角形的理念。只有在我们的精神世界中想起三角形的理念，才能画出三角形。但在现实中却不可能画出完美的三角形，它只存在于观念之中。现实中并不存在"美"本身。永恒不变的美，即真正的美只存在于理念世界之中。现实中只存在模仿其一部分的美的东西。再美的人也会衰老死去，被人赞颂的美丽画卷，也会随着时代的发展，被认为并不美丽。美的东西会变化，消失。但由于存在美这一理念，美的东西会源源不断地被创造出来。

4. 洞穴内的生活是在不了解理念的情况下，按照经验和感性的判断进行认知的生活。在这种情况下，人们不辨真假，只相信眼前所见。但理性地走到洞穴外的生活是了解理念并按照理念进行认知和行动的生活。通过合理的思维进行判断和行动，可以实践真理。

5. 柏拉图主张的理想国是一个人尽其才，人人幸福的社会，这也是我们社会追求的理想。每个人都可以开发潜能，实现自我价值，为社会做出贡献。但是柏拉图根据个人的本性区分能力，将其固定为统治者阶级、守护者阶级和劳动者阶级。这种方法虽然有利于社会的稳定发展，却限制了个人自由，损害了个人利益。因此，有必要探讨一下这一主张是否过分要求个人为了共同体，牺牲自身利益。